소로와
함께한 산책

일러두기

책 속 모든 인용문은 옮긴이의 독자적인 번역입니다.

소로와
함께한 산책

Six Walks

벤 섀턱 지음
임현경 옮김

* 추천사 *

"걷는 것이 오늘날 가장 급진적인 형태의 이동 수단임을 일깨워주는 멋진 작품이다."

『사슴과 영양이 노는 곳: 밖에서 걷기 좋아하는 무지한 미국인의 전원 관찰기Where the Deer and the Antelope Play: The Pastoral Observations of One Ignorant American Who Loves to Walk Outside』, **닉 오퍼맨**

"소로에게 영감을 받았지만 곧 자신만의 이야기를 써 내려간 벤 섀턱은 자신과, 자신이 태어난 뉴잉글랜드의 역사를 들여다보는 여정으로 우리를 안내한다. 상실과 구원, 두려움과 가녀린 희망에 대한 이야기인 『소로와 함께한 산책』은 다채로운 생각을 불러일으킴과 동시에 그의 손가락을 잘라낸 뱃전처럼 의외로 위험하기도 한, 소로의 방식이 가장 잘 드러나는 책이 될 것이다."

『구글과 여행하기: 조지 워싱턴과 그의 유산을 찾아서 Travels with George: In Search of Washington and His Legacy』, **너새니얼 필브릭**

"소로도 이 책을 좋아했을 것 같다. 말하자면 이 책을 몹시 추천한다는 뜻이다."

『자연의 종말The End of Nature』, **빌 맥키번**

"소로의 발자취를 따라 걸으며 벤 섀턱은 루소, 뮤어, 월서, 벤자민, 솔닛 같은 사상가들과 작가들의 발자취 또한 따라 걷는다. 그리고 그 과정에서 자연과 역사에 대해, 이 두 영역 사이에 놓여 있는 우리의 위태로운 위치에 대해 깊이 생각할 수 있도록 독자들을 이끈다."

『멀리서In the Distance』, **에르난 디아스**

"치유의 수단이자 사물을 보는 방식, 자기 자신에게서 벗어나 세상에 합류하는 방식의 하나로 뚜벅뚜벅 걸어가는 이 아름답고 감동적인 책에서 벤 섀턱은 한 발 한 발 내딛을 때 우리가 어디에 도달할 수 있는지를 보여준다. 소로의 발자취를 지도 삼아 걸었지만 그는 사물의 심장으로 직접 걸어 들어간다. 그림 같은 산문으로 독자들도 함께 걷게 만드는 그는 열린 마음과 넘치는 호기심, 자기만의 리듬과 고통 속에서 낯선 기쁨을 예리하게 발견하도록 도와주는 최고의 가이드이기도 하다. 무엇보다 그는 우리가 문을 나서서 걷기 시작할 때 매 걸음마다 무엇을 얻을 수 있는지를 아름답게 상기시켜준다."

『하지Summer Solstice: An Essay』, **니나 맥러플린**

"이 책은 많은 생각을 하게 만드는 아름다운 발견의 여정을 담고 있다. 독자들은 벤 섀턱과 함께 걷기를 잘했다고 생각하게 될 것이다."

『분노한 하늘: 미국 허리케인 500년사A Furious Sky: The Five-Hundred-Year History of America's Hurricanes』, **에릭 제이 돌린**

* 차례 *

2부

1부

우리는 우리가 어떤 벽 안에 누워 있는지 기억할 것이다. 그리고 이 평탄한 삶에도 정상이 있으며, 산꼭대기의 가장 깊은 계곡이 푸른빛을 띠는 이유를 이해할 것이다. 매시간 고도는 높아져서 땅의 어느 부분도 하늘이 보이지 않을 만큼 낮지는 않을 것이며, 우리는 각자 시간의 정상에 서야만 끝없이 펼쳐진 수평선을 바라볼 수 있음을 이해할 것이다.

헨리 데이비드 소로, 스물다섯(1842년 7월)

케이프코드:

끈질긴 바다 앞에서 기억은 쓸려간다

헨리 데이비드 소로가 걸어간 길을 따라 걷겠다는 생각을 처음 한 것은 오월의 어느 날 새벽이었다. 그때 나는 머리뼈를 두드리고 귓가로 흘러내리는 샤워기 물줄기 속에서 어떻게 하면 전 여자 친구의 꿈을 그만 꿀 수 있을까 고민하고 있었다. 벌써 몇 년 전의 일이었지만 의심과 두려움, 수치심과 슬픔으로 나를 끌어당기는 애도의 블랙홀에서 도저히 빠져나올 수 없었던 삼십 대 초반이었다. 해도 뜨기 전에 일어나 샤워를 해야만 하게 만들었던 마지막 꿈에서 그녀는 아이를 낳고 있었다. 그리고 그 옆에 진한 색 머리칼에 붉은 셔츠를 입고 소매를 팔꿈치까지 걷어 올린 남편이 숨을 몰아쉬는 그녀의 손을 붙잡고 있었다. 나는 벽에 기대 선 채 건네주고 싶은 흰색 손수건을 만지작거리고 있었다. 그녀가 남편을 올려다보았다. 그는 그녀의 손을 꼭 감아쥐었다. 나는 방에서 나가고 싶었지만 다리가 말을 듣지 않아 벗어날 수도 없었다. 애먼 손수건만 계속 만졌다. 곧 아기가 태어났고 꿈속 인물들은 세 사람에서 갑자기 네 사람이 되었다.

아이 낳는 장면이 두서없이 떠오르는 가운데 샤워를 하던 중 갑자기 텅 빈 해변에 서 있는 수염 기른 젊은 남자가 눈앞에 등장했다. 코트 끝자락이 바람에 휘날렸고 그의 앞에서 바다가 파도치고 있었다. 그는 웃고 있었다. 분명히 행복하게. 그가 몸을 숙여 파도에 밀려온 나무 조각을 주웠다. 그는 등대 안에서 바람에 흔들리는 촛불을 켜고 일기를 썼고, 지팡이를 들고 모래 언덕의 풀들을 헤치며 걸었다. 그가 바로 헨리였다. 내가 그 당시 매일 밤 읽고 있던 책 『케이프코드Cape Cod』의 주인공.

샤워를 마치고 나왔다. 창밖의 파도가 바뀐 달의 위치를 따라 평소보다 높이 일렁이며 습지의 풀들을 집어삼키고 있었다. 해가 붉게 떠오르면서 바닷물이 분홍색으로 물들었다. 매사추세츠 남부 해안의 염습지 옆에 살다

보니 나는 풍경의 마루가 솟아오르고 떨어지는 것으로 하루의 흐름이 나뉜다는 사실을 알게 되었다. 높은 파도는 차고 넘치는 모든 것들이 그렇듯 유려해 보인다. 마치 웅장한 폭포, 활짝 핀 모란, 눈이 쌓여 꺾인 나뭇가지, 바닥에 쏟아진 끈적한 씨앗들처럼. 그렇다면 높은 파도에는 어쩌면 목적이 있는지도 모르겠다. 바다가 내륙으로 몸을 내밀며 재촉한다.

나는 재빨리 수영복과 겉옷을 걸치고 커피를 내린 다음 배낭 속 물건들을 꺼낸 다음 부엌 테이블 위에 올려놓았다. 빵 한 덩이와 체다 치즈 한 덩이, 사과 세 개, 당근 한 봉지, 비옷, 그리고 책 『케이프코드』를 배낭에 넣었다.

내가 케이프코드에 가려 한다는 사실을 나도 그때 알았다. 프로빈스타운Provincetown의 팔꿈치부터 손가락 끝까지 해안선을 따라 걸을 것이다. 헨리가 그랬던 것처럼. 하루가 걸리든 삼 일이 걸리든 상관없었다. 그 주에 어차피 할 일은 하나도 없었다. 며칠 전에 버몬트Vermont의 수도원까지 차를 몰고 가서 수사님들과 수녀님들의 작품 전시에 쓸 도자기들을 골랐고, 돌아오는 길에 내가 다녔던 고등학교에서 가장 최근에 열린 회화전의 리셉션에 참석했다. 청소년기의 불안했던 잿덩이가 수십 년이 지난 후에도 여전히 내 안에서 온기를 퍼트리고 있었는지 너무 열심히 준비했고 또 너무 많은 그림을 그렸다. 그래서 아주 오랫동안 무엇도 더 이상 그리고 싶지 않아졌다.

아침에 집을 나서기 전, 배낭에 노트도 한 권 챙겨 넣었다. 내가 일기를 쓰거나 그림을 그리는 사람이었기 때문이 아니라 헨리가 그랬기 때문이었고, 나도 며칠이나마 다른 사람의 습관을 따라 해 보고 싶었다.

집에서 케이프코드까지 한 시간 동안 차를 몰면서 육지와 바다가 만나는 지점에 대한 헨리의 그 평화롭고 고상한 관점을 본받는 모습을 상상했다. '해변은 일종의 중립 지대다'라고 헨리는 말했다. '그곳이야말로 이 세상에 대해 숙고하기 가장 좋은 곳이다.' 숭고한 관점을 얻길 기대한 것은 아니었다. 나는 그저 악몽이 중단되기만을 원했다. 파도와 바람과 날씨가 웰플릿Wellfleet과 트루로Truro, 프로빈스타운의 모래 언덕 모양을 바꿔놓듯 내 무의식 덩어리의 형태도 바꿔주길 바랐을 뿐이다. 우리가 먼 길을 떠날 때 늘 품는 희망이 바로 그런 것 아닌가? 고독한 상태에서 풍경이 나를 해방시켜 주기를? 마음이 새로워지고 차분해지기를?

나는 본 브릿지Bourne Bridge를 건너 속도를 높여 회전교차로로 들어섰다. 너무 빨리 달린 탓에 커피잔이 컵 홀더에서 떨어졌다.

1849년, 서른두 살의 나이로 그 길을 걷기 시작했을 때 헨리는 길 가다 꺾은 꽃을 끼워놓을 수 있게 작은 띠가 둘러진 챙 넓은 모자를 쓰고 있었다. 흙빛 스리피스 정장을 입고 조류를 관찰하기 위한 작은 망원경도 늘 지니고 다녔다. 배낭에는 책들을 넣을 수 있는 공간이 있었는데 그중 한 권은 꽃을 눌러 말리기 위한 용도였다. 바느질 도구, 낚싯줄, 낚시용 후크도 한주먹 들어 있었다. 모래와 바람으로부터 목을 보호하기 위해 우산을 어깨에 걸치고 걸었으며, 식물의 크기를 측정하는 자로도 활용할 수 있는 특별한 지팡이를 들고 있었다. 거위깃 펜을 들고 화려한 필체로 글을 썼는데, y는 바람에 날리는 것처럼 보였고 t의 가로 선들은 마치 멀리 있는 언덕의 능선 같았다. 양념용으로 소금을 챙겼고 설탕과 차, 그리고 자두가 들어간 '꾸덕한 케이크 한 조각'도 챙겼다. 탄탄한 근육질의 그는 운동에 능숙한 시골 방랑자처럼 깔끔하게 차려입고 화려한 전함마냥 재난에 대비한 온갖 물품을 지니고 다녔다.

그와는 반대로 너셋Nauset 모래 언덕에 서서 광활한 대서양의 너른 손바닥을 바라보는 나는 야간 비행 후 아직 계절 감각을 되찾지 못한 사람 같았다. 서늘한 오월의 아침 바람이 수영복 아래로 드러난 다리를 휘감았지만 허리 위로는 셔츠 두 장에 스웨터와 우비까지 껴입고 겨울 모자를 쓰고 땀을 흘리고 있었다. 헨리는 파라핀을 듬뿍 바른 특별한 부츠를 신었는데 나는 강력 접착제와 테이프로 앞코를 겨우 붙여 놓은 운동화를 신고 있었다. 1킬로미터 조금 넘게 걸었을 즈음 테이프가 떨어지면서 밑창이 절반은 벌어져 너덜거렸고, 그래서 신발을 벗어 배낭에 묶어버렸다. 이후 수십 킬로미터의 모래밭을 하루 이틀 더 걸으며 발가락 사이와 발바닥 한가운데 물집이 생겼을 뿐만 아니라 이상하게 엄지발가락 위까지 물집이 생겼다. 하지만 더 끔찍했던 건 바로 태양이었다. 선크림을 챙기지 않았던 것이다. 뉴잉글랜드는 겨울이 끝나자마자 총알처럼 여름이 찾아오기 때문에 얼음장 같던 내 종아리는 몇 시간 후 웰플릿에서 낯선 사람의 집을 두드리며 하룻밤 잘 곳을 구할 즈음 벌겋게 달아올라 있었다. 내 악몽의 침대에서 급하게 탈출하느라 침낭을 챙길 생각도 못했다.

헨리는 해변을 '광활한 영안실'이라고 말했다. '굶주린 개들이 무리 지어 다니고 까마귀들이 날마다 날아와 파도가 실어다준 보잘것없는 먹이들을 주워 모은다.'

사람들은 보통 양옆에 너른 모래를 거느리고 눈앞의

광활한 바다 앞에서 시간을 보내기 위해 해변을 찾는다. 양산을 펴고 걷거나 파도를 향해 몇 번 뛰어들기도 한다. 하지만 해변은 하이킹을 위한 곳도, 하이킹에 적당한 곳도 아니라는 사실을 나는 곧 깨달았는데, 바로 끊임없이 단조로운 풍경만 이어지기 때문이었다. 왼쪽에는 몇 킬로미터에 걸친 붉은 모래와 진흙이 소금물에 말라가는 베이베리와 허클베리 덤불 가장자리로 조금씩 다가가고 있었고 키가 작은 소나무 덤불에서 참새들이 그 유명한 베토벤의 5번 교향곡 첫 소절을 노래하고 있었다. 오른쪽에는 언뜻 보면 심오하지만 시간이 갈수록 특이할 것 없는 납작한 바다가 펼쳐져 있었다. 그래서 내 눈은 그 '광활한 영안실'의 바닥을 향한 채 그날 아침 바다가 해변으로 가져와 토해낸 물건들을 살폈다. 해변에서도 운명의 따끔함이 느껴진다. 부드러운 돌, 고리 모양이 된 돌, 떠밀려온 늙은 나뭇가지, 그리고 검정 깃털에 흰 점이 알알이 박힌, 목이 꺾여 죽은 아비새는 모두 어떤 이유로 그곳에 존재하는 것 같았다. 레고 조각, 소의 대퇴골, 바다를 향해 똑바로 놓여 있는 나무 의자, 링컨의 얼굴이 희미해진 1센트짜리 동전 세 개, 10센트 동전만큼 작고 얇게 변한 5센트짜리 동전, 레드삭스 모자, 패트리어트 모자, 물고기 척추뼈, 그리고 가장자리에 가는 선

해변의 나무 의자

WOODEN CHAIR ON THE OUTER BEACH

장식이 있는 거대한 탄피 역시.

한 시간 넘게 걷다가 다른 사람을 발견했다. 해변 한가운데 망원경을 설치해 놓은 조류 관찰자였다. 우리는 죽은 아비새에 대해, 북방가넷에 대해, 그리고 어떤 새들이 이곳을 거쳐 이동을 하는지에 대해 이야기했다. 낯선 이들 사이의 긴 침묵과 함께했던 만남이었지만 잠시나마 머리를 식힐 수 있어서 좋았는데, 아직도 꿈에서 벗어나지 못했다는 슬픔의 컨베이어 벨트를 그 대화가 잠깐이나마 멈춰주었기 때문이다. 차라리 무의식이 보내주는 괴이한 형태의 배들이 등장하는 꿈이 그 악몽보단 나을 것이다. 불안과 두려움의 파도 위를 떠다니는 배들, 머리가 두 개 달린 뱀들, 이빨이 흔들리는 꿈, 송곳니가 뾰족한 작은 설치류가 집 안에 가득한 꿈이 더 나을 것이다. 차라리 시간을 들여 분석하고 재구성해 하루 종일 해석해야 할 수수께끼나 이미지가 더 나을 것이다. 하지만 지난밤 꿈은 달랐다. 실제 사람이 등장하고 일상의 질감이 그대로 느껴지는 꿈이었다. 진짜 경험 같은, 기억 같은. 어딘가에 떠다니는 수수께끼가 아니라 깊은 바다에 통째로 잠긴 채로. 그래서 나는 아비새의 이동 경로에 대한 질문을 퍼부으며 그 조류 관찰자에게 매달렸던 것이다.

대화를 끊고 싶은 게 분명했던 조류 관찰자는 망원경

을 접으며 내게 행운을 빌어주고 다른 바닷새를 찾으러 떠났다.

나는 딴생각을 하려고 모래 바닥에 앉아 노트에 바람의 동의어들을 적었다. 구름강, 날씨의 누룩, 계절 교환자, 식민지의 연료. 몇 년 전, 준비한 내용을 다 끝내고도 수업이 십오 분 정도 남았을 때 대학 신입생들에게 시키던 낱말 게임이었다. 게임은 이렇게 시작한다. "자, 창밖을 봅시다. 그리고 저 밖에 있는 모든 것들의 동의어를 최대한 많이 적어보세요." 십 분 후, 책상에 앉아 학생들이 직접 읽어주는 목록을 들으며 나는 예상치 못했던 감동을 느꼈다. 어쩌면 넋을 잃었는지도. 자연의 재명명, 그러니까 떡갈나무 혹은 구름 혹은 하늘 혹은 아이오와 강을 가리키는 그 많은 단어들은 기도 같기도 했고 경배 같기도 했다. 교실이 갑자기 교회나 극장에서 마주할 법한 침묵 상태로 들어선 것을 보면 아마 학생들도 그렇게 느꼈던 것이 아닐까. 침묵의 마법은 '벌레똥'으로 시작하는 한 남학생의 대답으로 깨졌다.

'먼지?' 내가 말했다.

'흙이요.'

바람이란 태풍의 근육, 여름의 유예, 울부짖는 희생양.

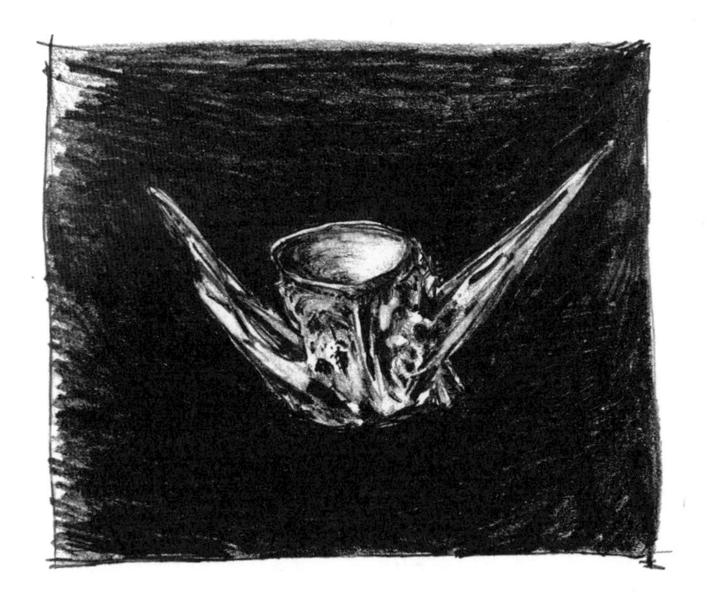

물고기 척추뼈

FISH VERTEBRA

케이프코드에서의 첫날, 내 유일한 목적은 헨리가 묶었던 집을 찾는 것이었다. 그 집은 출발 지점에서 16킬로미터 떨어진 웰플릿 호수 근처에 있었으며, 누가 살고 있든 그 집 앞에서 사진을 찍고 싶었다. 그리고 숲으로 들어가서나 혹은 해변에서 잠을 잘 것이었다. 그즈음 나는 불편한 잠자리를 선호했는데 그래야 악몽이 다소 누그러졌기 때문이다. 악몽을 꾸다가 깨면 가끔 이불을 들고 거실 소파로 가거나 침대 옆 바닥에 누웠다.

헨리는 웰플릿에서 머물 곳을 찾기 위해 집집마다 문을 두드리다 여든여덟 살의 굴잡이를 만났다. 그는 자신이 십 대였을 때 미국 독립 전쟁이 일어났고 콩코드Concord에서 대포 터지는 소리가 매사추세츠만을 넘어 들려 왔다고 떠벌리는 사람이었다. 1800년대 중반이던 그 당시, 굴잡이는 이렇게 말했다. "나는 가난하고 무가치한 놈이오. …올해 너무나도 힘들어졌소." 그는 헨리를 하룻밤 재워주었다.

나는 굴잡이의 집을 찾을 수 없었는데 사실 『케이프코드』에 나온 그 어느 장소도 찾을 수 없었기 때문이었다. 헨리가 그곳에서 보았던 평원은 늘 푸른 나무들의 숲에 잠식당해 얼핏 봐도 천 마리 야생 칠면조의 집이 된 것만 같았다. 웰플릿 근교의 일곱 개 호수 주변을 둘러싼 소나무 숲을 걸으며 내 발자국은 땅에 떨어진 침엽수 잎들과 황토로 만든 카펫 위에서 소리를 잃었고 나는 금방 길을 잃었다.

늦은 오후, 나는 한 호숫가에 앉아 청어 떼가 투명한 수면을 쪼아대는 모습을 지켜보았다. 그날 밤 침낭 없이 하룻밤을 버텨야 해서 기온이 얼마나 내려갈지 걱정하고 있었다. 그때 호숫가를 둘러싸고 있는 흙길에 한 커플이 나타났다. 남자는 아픈 무릎을 지탱하며 걷고 있었고 딸 같아 보이는 여자가 그 옆에서 참을성 있게 함께 걷고 있었다.

나는 배낭에서 칼을 꺼내 체다 치즈를 큐브 모양으로 잘라 칼날에 붙은 치즈를 입으로 떼어 먹었다. 청어 떼를 향해 치즈 부스러기를 튕겨 수면으로 날려주었다. 바람이 소나무 숲을 가르는 소리를 듣고 흘러가는 구름의 광택 아래서 수영하는 물고기를 바라보며 나는 나의 경험이 헨리의 경험과 크게 다르지 않기를 바랐다. 맥줏집 안주인이라는 뜻의 물고기 청어alewife라니, 시적으로 얼마나 잔인한 이름인가.

두 사람이 가까이 다가왔을 때 나는 치즈를 집어넣고 일어나 웃으며 손을 흔들었다.

“여기 분들이신가요?” 내가 물었다.

두 사람이 그렇다고 대답하자 나는 헨리 데이비드 소로가 여기 왔을 때 머물렀던 곳을 알고 있는지 물었다. 그리고 덧붙였다. "1849년에 말입니다."

두 사람은 모른다고 했다.

"근처에 오래된 아무 집이나 좀 알려주시겠습니까?" 내가 말했다.

여자는 길 아래쪽을 가리키며 그쪽에 오래된 집이 하나 있다고 말했다.

나는 그들에게 고맙다고 말한 다음 걷기 시작했는데 또 금방 길을 잃었고, 한참 가다 보니 풀로 덮인 공터에 서 있는 식민지 시대 케이프코드 스타일의 집이 나타났다. 튤립과 수선화가 가득 핀 정원에서 몸을 숙이고 있던 여자가 나를 바라보았다. 여자의 옆에 놓여 있는 새 모이통 안에 반으로 자른 오렌지가 볼티모어 꾀꼬리를 유혹하고 있었는데, 그건 우리 엄마가 봄마다 하던 일이기도 했다.

"안녕하세요!" 내가 외쳤다.

여자가 웃었다. 그리고 손을 흔들었다.

"소로가 지냈던 집을 찾고 있습니다만." 내가 말했다.

"오, 알아요." 여자가 모종삽으로 호수 반대편을 가리키며 말했다. "바로 저기예요."

나는 내 소개를 했다.

"저는 팻이에요." 여자도 이름을 말했다.

바로 그때 노 한 쌍을 어깨에 걸친 남자가 근처에 있던 헛간 뒤에서 나타났다.

"낚시 다녀오겠소." 그가 팻에게 말했다. 그리고 궁금증 어린 표정으로 나를 바라보았다.

"이 젊은 신사분이 소로의 집을 찾고 계신대요." 팻이 남자에게 말했다. 그리고 바로 내게도 말했다. "남편 랜디예요."

"바로 저기요." 그가 호수 쪽으로 고갯짓을 하며 말했다. "원하시면 태워다 드립죠."

몇 분 후, 나는 '보트를 만들 줄 모르는 버몬트 사람들이 만들었다'는 작은 낚싯배를 타고 랜디와 함께 호수 위에 떠 있었다. 우리는 그들의 집 앞에서 출발해 아직 덜 자라 물 밖으로 나오지 못한 어린 수련 잎 위로 호수를 가로지르며 다른 호수로 건너갔다. 뱃머리 아래서 청어 떼가 흩어졌다. 들리는 소리라고는 노가 노걸이에서 천천히 삐걱거리는 소리와 나무 바닥에 물이 부딪히는 소리뿐이었다. 그는 낚싯배를 그 집 아래 호숫가에 대고 자기는 낚시를 하고 있을 테니 급할 거 없다고 내게 말했다.

"다시 돌아가고 싶을 때 부르소." 그가 호숫가에서 미끄러져 가며 말했다.

나는 창문으로 집 안을 들여다보았다. 천장도 낮고 문도 낮았다. 산업 혁명 이전에 나무로 만든 거의 모든 것들이 그렇듯, 아름다웠다. 화강암 토대 위에 여러 개의 네모난 돌들이 단단히 서 있었다. 하지만 어떤 연결감이나 통찰, 갑작스러운 힘은 느껴지지 않았다.

몇 년 전, 나는 남북 전쟁 참전 군인의 상황을 재연한 적이 있었는데 과거를 살아본다는 것에 대해, 그러니까 과거에 쉽게 다가가 느낄 수 있을 때와 그게 어려울 때에 대해 꽤 많은 생각을 할 수 있었다. 게티스버그Gettysburg 유적지 기념물 사이 잘 깎인 잔디밭에서 캠핑을 한다고 과거를 감각할 수는 없지만, 예를 들면 1860년대의 땅처럼 보이는 방문자가 거의 없는 버지니아Virginia의 전투지를 행군하는 일은 그렇다. 나는 수천 명의 재연자들이 일렬로 서 있는 모습을 보며 실제로 두려움을 느꼈다. 대포가 발포되면 몸이 저절로 움찔하고 연기가 하늘로 솟아오르는 광경까지 보고 나면 마지막으로 화약 냄새가 난다. 그제야 나는 낯선 이들이 마주 보며 줄지어 서서 서로를 죽이는 일이 얼마나 잔인하고 황당한 일인지 느꼈던 것이다. 재연을 했던 그해 여름, 참전 군인들의 초상

굴잡이의 집, 웰플릿

THE OYSTERMAN'S HOUSE; WELLFLEET

화를 보고 느낀 것은 오직 분노였다. 연방을 탈퇴하고 노예제를 옹호해 결국 사람들이 들판에 쪼그려 앉은 채 총을 맞게 만든 남부 정치인들에 대한 분노였다. 과거는 동사를 통해 경험할 수 있다는 사실을 나는 그 여름에 깨달았다. 과거에 대한 감각은 기념물 앞에 서 있을 때가 아니라 직접 참여할 때 느껴진다.

집을 둘러본 다음 고개를 돌려 호수를 보았다. 랜디가 낚싯줄을 천천히 감고 있었다. 나는 잔디에 앉아 노트에 몇 자 적은 다음 호숫가로 느릿느릿 걸어가 그를 향해 손짓했다. 그가 줄을 감고 노를 다시 물에 담갔다.

"찾던 것은 찾으셨소?" 뱃머리가 지저분한 기슭에 닿았을 때 그가 말했다.

나는 어깨를 으쓱하며 그런 것 같다고 대답했다.

"오늘 밤은 어디서 주무실 거요?" 그가 보트를 뭍에서 밀어내며 물었다.

"아마 해변에서요?"

"해변이요? 얼어 죽을 일 있소. 기온이 떨어질 텐데. 우리 집에서 자요."

구름이 푸른 하늘을 가리자 하늘이 어지럽게 차가워졌다. 나는 고맙다며 방값을 내겠다고 했다.

"걱정 마소." 그가 말했다.

"감사합니다." 내가 대답했다. 불안이 느슨하게 풀려 떠나가는 것이 느껴졌다.

얼마 전, 집 바깥에서의 낮잠에 대한 에세이를 쓴 적이 있다. 예를 들면 숲속의 이끼 카펫이나 산 정상의 바위 요람을 어떻게 찾아내는지, 그리고 불가사의한 피곤을 느끼며 그런 자리에 누워 어떻게 침대에서보다 더 빨리 잠드는지에 대해서 말이다. 또 어쩌다 산중턱에서 눈보라를 맞으며 깨어났는지에 대해서도. 묘지에서 눈을 떠 보니 두 남자가 나를 내려다보며 '수련' 중인지 묻기도 했었고. 들판에서 눈을 떠 보니 쥐가 내 주머니 속 땅콩을 먹고 있었던 적도 있었다. 나는 야생에서 자유를 느꼈는데 그건 모두에게 주어진 능력은 아닐 것이다. 나는 어쩌면 불평등하게 주어진 특성으로 인해 안전했는데 이는 이 첫 번째 산책과 그 이후의 산책에서도 분명한 사실로 드러났다. 내가 밤마다 어디서 자든 상관없다는 사실, 혹은 어디서 자야 할지 고민할 필요가 없다는 사실은 나의 예의 바름이나 타인의 환심을 살 수 있는 성정과는 상관없을 것이다. 숲에서, 해변에서, 공동체 안에서, 공간을 넘나들며 자유롭게 움직일 수 있는 이유는 내가 백인이기 때문에 비교적 위협적으로 보이지 않는다는 사실과 남성이기 때문에 위협받지 않을 거라는 사실에 기인한다. 내가 누군가에게 말을 걸 수 있고 그들이 내게 대답을 해 주는 이유는 바로 내가 이 몸을 갖고 있기 때문이다.

헨리는 자신의 몸에 대한 불만이 있었고 일기에서 여러 번 언급하기도 했지만 사실 그 몸은 당시 법적으로나 문화적으로 엄청난 특권을 누렸던 몸이었다. 노예제가 존재하고 여성 참정권 운동이 일어나기도 전에 투표권이 있었던 자유로운 몸이었다. '나 자신의 신체만큼 나에게 낯선 것은 없다는 사실을 고백할 수밖에 없다'고 그는 1842년 겨울의 일기에 기록했다. '나는 자연의 거의 모든, 다른 부분을 더 사랑한다.' 하지만 그의 신체는 특정한 법적 처분이 아니라면 침해당하지 않았을 것이고, 피부와 호르몬과 장기의 그 특별한 조합으로 인해 보호받았을 것이다.

나는 면 셔츠를 입고 양모 양말을 신은 백인이었다. 개인적 경험에 의하면 이 근처 시골에서 내가 안뜰에 들어왔다거나 대문을 두드린다고 경찰을 부를 사람은 없을 것이다.

랜디는 태평하게 노를 저으며 자기가 사는 동안 변화된 호수의 모습에 대해 말해 주었다.

낚싯배가 다시 집 앞에 도착했고 나는 감사의 표시로 땅에 구덩이 세 개를 파 창문 아래 준비되어 있던 커다란 장미 나무 세 그루를 심었다. '바람이 집 주변에서 웅웅거렸다'고 헨리는 내가 머무는 곳 반대편에 있던 굴잡이의 집에서 하룻밤 머물 때 기록했다. 바람은 '벽난로와 여닫이창을 밤새 뒤흔들었다'.

낡은 침대에 누워 있는 내 귀에 바람 소리는 하나도 들리지 않았다. 두 다리는 낮의 태양 때문에 아직도 불타고 있었고 두 발에서 심장이 뛰고 있는 것 같았지만 예상치 못하게 닥친 행운 덕분에 눈부시게 행복하고 따뜻했다. 오직 걷겠다는 충동만 있었을 뿐 아무런 계획도 없었던 내가 그날 그곳에서 하루를 마무리하게 된 것이다. 저녁으로 가리비를 튀겨주고 집 앞 호수에서의 겨울 얼음낚시 이야기도 들려준 친절하고 낯선 사람들의 집에서 말이다. 처음부터 그곳에서 마무리될 하루였다는 느낌이 강하게 들었다.

"아이들과 저는 호수에 낚싯대를 던져놓고 스케이트를 탔어요." 팻이 저녁을 먹으며 말했다. "그리고 집으로 돌아와 망원경으로 낚싯줄이 움직이는지 봤지요. 나가서 낚싯대를 감아 물고기를 가져올 불쌍한 사람은 주사위를 던져 결정했어요." 한겨울 해변가의 집에서 누가 스케이트를 타고 저녁거리를 가져올지 결정하는 그런 가족이 지금 같은 시대에도 여전히 있다. 헨리가 살았던 시대 가족들도 아마 하루 종일 그런 놀이를 하거나 얼음낚시를 하면서 시간을 보냈을 것이다. 기술의 발전도 추운 겨울 안락한 집이 주는 만족감을 앗아가지 못했다는 사실이 마음에 위안이 되었다. 아직도 물고기를 잡을 수 있고 모닥불도 언제든 피울 수 있다. 삶이 아무리 복잡하다고 느껴져도 예전의 방식이 완전히 사라져버린 것은 아니다. 어떤 방법들은 여전히 우리 곁에 남아 있다.

그날 밤은 너무 피곤해 꿈도 꿀 수 없었는데, 그래서 내가 낮 동안 데리고 다녔던 불안하고 슬픈 어떤 사람이 내가 잘 때면 나타난다는 굴욕감을 조금은 피할 수 있었다. "이제 더 이상 꿈을 꾸지 않아"라고 나는 그해 한 친구에게 말했었다. "내 무의식이 나를 잠에 말뚝 박아버리는 것 같아."

소나무 사이로 스며든 해가 팻이 꾀꼬리들을 위해 새로 준비한 오렌지들과 정원을 밝게 비추던 다음 날 아침, 나는 웰플릿을 떠나야 한다는 사실에 슬펐다. 나는 커피를 들고 바깥에 앉아 새들이 우선 가까운 나뭇가지에 앉았다가 조심스럽게 점점 내려와 오렌지에 부리를 박고 꿀꺽꿀꺽 먹는 모습을 지켜보았다. 1849년, 헨리는 아침으로 장어와 줄기콩, 도넛을 먹고 차를 마셨다. 나는 시나몬 토스트와 치즈, 계란을 먹었고 랜디와 팻에게 아직 36킬로미터나 더 북쪽으로 올라가야 하는 프로빈스타운에 도착하면 편지를 쓰겠다고 약속한 후 그 집을 떠났다.

트루로 근처의 절벽은 붉은 테라코타 진흙으로 덮여 있었고 흙덩어리들이 해변에도 굴러 내려와 밝은 모래사장에 붉은 선이 듬성듬성 그려져 있었다. 나는 결혼식 케이크 조각만 한 흙덩이를 집어들어 냄새를 맡다가 불쑥 그걸 먹어보고 싶어졌다. 덩어리를 조금 뜯어 혀에 얹고 입천장에 갖다 대자 밀크 초콜릿처럼 녹았다.

오늘날 해변에 가면서 기후 변화에 대해 과연 생각하지 않을 수 있을까? 나는 이 사이에 낀 케이프코드의 일부를 빼내면서 생각했다. 길게 뻗은 케이프의 팔은 기후 변화 때문에 매년 빠른 속도로 모래와 진흙을 흘리며 서쪽으로 조금씩 밀려나고 있다. 동시에 나는 아침 햇살 아래에서 시시각각 변하는 푸른빛을 떠올리며 사람들이 과연 바다에 대한 사랑을 멈출 수 있을지, 기후 변화가 만들어낸 이 자연의 무기를 언제까지 사랑할 수 있을지 궁금했다. 마침내 파도가 밀려 들어올 때 가만히 수평선

그가 묵었던 곳, 트루로 등대

WHERE HE SLEPT – TRURO LIGHT

을 바라보며 우리가 망가뜨린 그 광활한 아름다움을 동경할 수 있는 사람이 과연 있을까? 지구의 기온 상승으로 최근 헨리의 일기가 다시 주목받고 있다. 매사추세츠의 생물학자들이 헨리가 기록한 19세기 야생화 개화 시기를 현재의 개화 시기와 비교했는데 꽃들은 수분 매개자의 움직임에 따라 피지 않았다. 예를 들면 하이부쉬 블루베리는 매사추세츠 동쪽에서 19세기보다 삼 주나 더 빨리 꽃을 피웠다.

헨리는 이렇게 말했다. '먼지 자욱한 길을 오래 걸으면 우리의 생각도 길처럼 지저분해진다. 사고는 무너지고 멈추며 혼란스러운 재료의 주기적인 리듬에 따라 소극적으로만 이루어진다.' 아침이 절반쯤 지날 때까지 걷자 덜그럭거리던 불안이 잘려 나가면서 마음이 잔잔해졌다.

나는 노트를 꺼내 헨리가 묶었던 집은 찾았지만 딱히 초월적인 경험은 아니었다고 적었다. 하지만 그 집의 창문은 몹시 마음에 들었으며, 파도가 낮게 으르렁거리며 모래 바닥에 몸을 던졌고, 갈매기들은 머리 위에서 빙글빙글 돌았다고도 적었다. 남쪽 하늘에 시커먼 구름띠가 수놓아져 있었고 천둥소리가 바람에 실려 왔다. 물속에서 고래의 입이 튀어나왔는데 그 광경이 마치 불꽃처럼 내 머릿속의 정돈된 생각을 뒤흔들어 버렸다. 시커멓게 벌어진 삼각형의 입 때문에 근처의 갈매기가 난쟁이처럼 작아 보였다. 고래는 속도를 내며 앞으로 나아가고 뒤로 돌면서 다시 속도를 높였다. 꼬리가 힘차게 솟아올랐다. 갈매기가 고래의 입부터 꼬리까지 몇 번이나 날개를 파닥거리며 날아가는 걸 보니 길이가 15미터는 될 것 같았다. 나중에 어디선가 읽었는데 비슷한 시기 대서양 반대편 스페인 해안에는 플라스틱 방수포, 호스와 밧줄, 화분과 깡통 분무기까지 온실을 통째로 삼킨 향유고래가 나타났다고 한다.

나는 배낭에서 사과를 꺼내 네 조각으로 나눠 먹으며 고래가 바다를 가르는 모습을 지켜보았다.

프로빈스타운 외곽 언덕 사이 늪지에서 자라는 야생 크랜베리가 비에 흠뻑 젖은 채 적갈색 카펫 위에 뿌려진 보석처럼 바닥에 깔려 있었다. 나는 이틀 만에 목적지에 도착했다. '빗소리가 팬에서 지글거리는 기름 소리 같았다'라고 나는 노트에 적었다. 그리고 배낭에 매달려 있던 신발을 풀어 물집 잡힌 발을 집어 넣었다.

시내에 들어섰을 때는 이미 저녁이 된 후였다.

나는 가장 먼저 눈에 띈 펍으로 숨어들며 아직도 들고

있던 나무 지팡이를 우산꽂이에 넣었다. 천장은 낮았고 촛불이 켜져 있었는데 손님이 많은 탓인지 창문에 김이 서려 있었다. 바에 한 자리가 남아 있었는데 그 옆에는 곱슬곱슬한 금색 단발머리에 호피 무늬 스카프를 머리에 두르고 테가 두꺼운 안경을 쓴 나이 많은 할머니가 앉아 있었다.

“무슨 이야기를 할 생각이요?” 자리에 앉자마자 할머니가 얼굴을 찡그리며 물었다. 그리고 칵테일 잔을 꽉 쥐었다.

“무슨 얘기를 하냐고요?”

“다 들어놓고.” 할머니가 테이블을 찰싹 내리치며 말했다.

할머니는 혼자였다. 칵테일 잔에 립스틱 자국이 남아 있었다. 나는 할머니가 혹시 일행의 자리를 맡아놓은 것인지 아니면 그날 밤은 꼭 혼자 있을 생각이었는지 궁금했다.

“아무 얘기나 다 가능할 것 같습니다만.” 내가 말했다. 그간 소설을 읽으며 배운 것이 하나 있다면, 바에서 낯선 사람이 말을 걸어 올 때 대꾸를 해야 한다는 것이기 때문이었다.

“들었소?” 할머니가 예의 바르게 웃으며 내게 메뉴를

전하는 바텐더에게 말했다. 할머니는 웃다가 오랜 흡연자들 특유의 거친 기침을 한참 했다.

"대답이 좋네. 도라올시다." 할머니가 악수를 청하며 말했다. 붉은색 손톱이 길었다. 나도 소개를 했다.

할머니는 왜 젖은 수영복을 입고 있냐고 묻지 않았고 어디서 왔냐고도 묻지 않았다. 대신 자기 나이를 맞춰보라고 했다. 나는 할머니의 실제 나이 일흔하나보다 더 어릴 것 같다고 대답했고 할머니는 바텐더에게 신이 나서 말했다. "예순이래!"

"잘 맞추셨네요." 바텐더가 능글맞게 웃으며 내게 말했다.

나는 새우를 주문했는데 그게 바에 앉아 내가 말할 수 있는 몇 안 되는 기회 중 하나였다. 할머니는 묻지도 않았는데 본인이 레스토랑을 다섯 개나 갖고 있으며, 돈은 행복한 삶에 아주 중요하고, 프로빈스타운의 시장에서 흉악범으로 전락한 버디 친차이Buddy Cianci가 자신의 좋은 친구인데 그가 자기 레스토랑에도 왔었고, 자신은 70년대에 프로빈스타운으로 왔으며 이곳의 모든 사람이 (이 말을 하면서 할머니는 머리 위로 펍 전체를 향해 손을 휘저었다) 본인을 알고 있으며, 자신은 뉴욕을 사랑하고 지난봄에 평판이 안 좋은 텔레비전 스타 매트 라우어Matt Lauer와

넥타이를 쇼핑하며 멋진 날을 보냈다고 숨도 쉬지 않고 말했다.

그러고 잠시 조용하더니 잔을 한 번 들이켠 다음 보드카를 한 잔 더 주문했다.

"당신은 너무 젊어서 후회할 일도 없겠소." 할머니가 말했다.

나는 헤어진 연인이 등장하는 악몽에서 벗어나기 위해 길을 떠났다고 설명하고 싶지는 않아서 그럼 무슨 후회라도 있으신지 물었다.

"첫 남편과 결혼하지 않을 걸 그랬지." 할머니가 말했다. "두 번째 남편도 마찬가지고. 어쩌면 세 번째도. 하나같이 바람을 피웠어. 이놈도 바람, 저놈도 바람, 마지막 놈도 바람. 첫 남편은 장거리 수영 선수였지. 곧잘 바다에서 수영을 했어. 멀리, 얼마나 멀리까지 갔는지 몰라. 나는 해변에 앉아서 그를 보면서 돌아오지 말라고 빌었지. 이 동네엔 상어가 나타난다는 것도 아나?"

바텐더가 새우 접시를 내 앞에 놓아주었다. 나는 할머니의 남자들 이야기를 들으며 새우를 먹었다. 좋은 남자들도 있고 나쁜 남자들도 있는데 그냥 그렇게 태어나는 것이기 때문에 우리가 할 수 있는 일은 하나도 없다고 할머니는 말했다.

그러다 갑자기 이제 집에 가야 한다면서 바텐더에게 계산서를 부탁했고 내 저녁 식사도 같이 계산하겠다고 말했다.

"아니오. 괜찮습니다." 내가 말했다. 할머니가 돈을 내주는 것이 싫기도 했지만 하루 종일 걸어서 배가 고팠는데 아직 반도 다 먹지 못했기 때문이었다.

"조용히 하고." 할머니가 내 면전에 손을 휘두르며 말했다. "신사답게 날 집까지 바래다주게."

바텐더가 계산서를 내밀었다. 전부 64달러였다. 할머니는 신용 카드로 계산을 하고 현금 100달러를 팁으로 남겼다.

"준비되었나?" 할머니가 말했다.

할머니는 내 어깨를 붙잡고 균형을 잡으며 의자에서 내려섰다. 그제야 할머니의 체구가 얼마나 작은지 보였지. 150센티미터 정도, 어쩌면 그보다 더 작아 보였다.

"가자고!" 할머니가 말했다.

출구 쪽으로 돌아서는데 할머니의 스카프가 바닥으로 떨어졌다.

나는 피곤하고 배가 고팠지만 할머니가 지나가는 웨이터와 부딪히는 모습을 도저히 그대로 앉아서 보고만 있을 수 없었다. 새우를 한 입 더 먹고 행운을 빈다고 입

모양으로 말하는 바텐더에게 손을 흔들었다. 나는 지팡이도 챙기지 않고 문을 열고 나갔다.

할머니는 물웅덩이 옆에서 비틀거리고 있었다.

비가 지나간 후 따뜻하고 습한 밤공기가 내려앉아 있었다.

"걸어오셨어요?" 내가 물었다.

"자네는?" 할머니가 되물었다. 내가 고개를 끄덕였다.

"그러면 걷지." 할머니가 말했다.

할머니가 나한테 팔짱을 꼈고 우리는 길을 건넜다. 얼마나 걸어야 할머니 집에 도착할지 궁금했다. 나는 모텔을 찾아 젖은 옷을 갈아입고 그날치 일기를 마저 쓰고 싶었다. 머리 위의 나뭇가지에서 빗방울이 떨어져 인도를 따라 물웅덩이가 생겼다. 갑자기 바람이 불어 나뭇잎에 매달려 있던 물방울이 머리 위로 후두두 떨어졌다. 할머니가 걸음을 멈추더니 나를 돌아보며 말했다.

"우리 만난 적 있지? 당신 누구야?"

나는 다시 이름을 말해드리고 이렇게 덧붙였다. "만난 적 없을 걸요."

"내 말뜻은 그게 아니야." 할머니가 내 쪽으로 다가오며 쉰 목소리로 속삭였다. 그리고 내 어깨에 손을 얹더니 나를 보고 정면으로 섰다. 할머니의 머리는 내 가슴께에

위치해 있었는데 마치 나에게 키스라도 할 듯 위로 향해 있었다.

"내 말은, 자네가 어디서 왔느냐는 말이야." 할머니가 말했다. 그리고 금발 곱슬머리 꼭대기로 안경을 치켜올렸다.

나는 웃으며 그저 걷고 있었다고 말했다.

할머니는 고개를 저었다. "내 말은 그런 뜻이 아니라." 할머니가 슬프게 말했다.

"어디 사세요?" 내가 한 발짝 물러나며 물었다.

할머니가 몸을 돌려 펍 바로 옆에 있는 집을 가리켰다. "저기."

우리는 다시 길을 건너 되돌아왔다.

"남는 침대가 있어." 할머니가 문 앞에 서서 말했다.

"자고 싶으면 자고 가."

"그럴게요." 내가 말했다.

"그럼 들어와." 할머니가 말했다.

바로 그때 문이 활짝 열렸고 한 남자가 서 있었다.

"오셨군요." 갑자기 큰 목소리가 울렸다.

"조용히 해." 할머니가 그에게 말했다. "새 남편이야." 할머니가 내 팔을 잡아당기며 말했다. "오늘 밤 우리 집에서 잘 거야."

프로빈스타운의 밤

PROVINCETOWN, NIGHT

"뭐라고요?" 남자가 말했다. 화가 나 있었다. 그는 키가 컸고 건장했으며 할머니보다 열 살 이상 어려 보였다. 나는 바로 겁을 먹었다.

그가 나를 보았다. 그는 분명 할머니와는 다른 방식으로 나를 보았을 것이다. 테이프가 덕지덕지 붙은 신발과 수영복, 비옷, 그리고 수염.

"들어와요." 그가 할머니의 어깨에 팔을 두르며 말하고 문을 닫으려 했다.

할머니가 그를 밀쳐냈다.

"내 새 남편이 오늘 밤 우리 집 손님이라니까."

그가 웃었고 한숨을 쉬면서 나를 보았다.

"아니오. 괜찮습니다." 내가 역시 웃으며 말했다.

"아니야!" 할머니가 내 손목을 잡으며 말했다. "우리 집 침대를 내줄 테니까 여기서 자라고."

그제야 남자가 내게 말했다. "모셔다 주셔서 감사합니다. 이 사람 때문에 억지로 오게 되신 건 죄송합니다. 하지만 남는 방이 없어서요. 조심히 가세요."

그가 내 손목을 잡고 있던 할머니 손을 낚아채 안으로 당긴 다음 문을 닫는데 할머니가 내 이름을 외쳤다. 마치 내가 아주 멀리 있는 것처럼.

나는 다시 펍에 가 지팡이를 찾아서 나온 뒤 시내 쪽

으로 계속 걸었다. 그 남자 때문에, 도라의 술주정 때문에, 멀리서 수영하던 남편이 물에 빠져 죽거나 잡아먹히길 바랐던, 자신의 모든 문제를 상어가 해결해 주길 바랐던 도라의 이미지 때문에 마음이 복잡해져 바로 잠들지는 못할 것 같았다. 동물의 공격 같은 일어날 것 같지 않은 일이 일어나길 바라며 해변에 앉아 있는 건 그를 떠나는 일보다 얼마나 더 쉬운가. 고대의 포식자가 부정한 남편을 벌하고 자신을 구원해 주길 어떻게 바란단 말인가. 어떻게 상어를 신으로 삼아 바닷가에 앉아 그렇게 기도할 수 있는가. 하지만 신들은 결코 그런 방식으로 찾아오지 않는다.

길을 걷는데 물웅덩이 안에서 가로등이 빛났다.

시내의 열린 펍 안에서 음악이 쿵쿵 새어나왔다. 나는 그쪽으로 휘청휘청 걸었다. 문 앞의 남자가 들어오라고 손짓했다. 나는 지팡이를 숨기고 여전히 배낭을 멘 채 어두컴컴한 복도를 지나 음악 소리를 향해 걸었다. 곧장 댄스 플로어로 가 몸을 흔드는 사람들과 뒤섞였다. 연무기에서 나온 뭉게구름이 머리 위에 떠 있었고 구름 안에서 레이저가 고동치고 있었다. 붉은색, 푸른색, 초록색, 검은색 천장 아래로 우주가 펼쳐져 있었다. 천둥의 전조 같은 소리가 음악을 압도했다가 갑자기 멈춘 다음 드럼이 쿵쿵거리기 시작했다. 사람들의 몸들이 서로 부딪치며 온기가 퍼졌다. 웰플릿 호수를 떠난 게 몇 주 전 같았는데 바로 오늘 아침의 일이었다.

헨리가 프로빈스타운의 이 모든 소란을 좋아했을지는 모르겠다. 자동차와 군중과 거리의 음악들 말이다. 헨리는 다음과 같은 글을 쓴 남자였다. '귀뚜라미에 대한 시는 어째서 없는가?' 하지만 음악 소리와 흔들리는 몸들에게 둘러싸인 나는 헨리의 안에도 어쩌면 댄스 플로어에 올라가고 싶은 마음이, 새빨간 레이저를 향해 손을 치켜들어 흔들고 싶은 마음이 조금은 있지 않았을까 궁금했다. 긴 여정을 북적북적한 파티로 마무리하고 싶은 그런 마음 말이다.

그날 밤 나는 다섯 군데 에어비앤비의 문을 두드렸다. 처음 세 곳은 방이 없었다. 네 번째는 안에 있던 누군가가 창문으로 나한테 저리 가라는 손짓을 했으니 역시 마찬가지였을 것이다. 그날 밤 나는 한때 기숙사라고 불렸을 에어비앤비에서 잤다. 화장실 없는 방은 가로로 세 걸음, 세로로 다섯 걸음 정도 되어 보였다. 창문 하나, 의자 하나, 탁자 하나를 보니 그 유명한 생 레미Saint-Rémy 정신병원 반 고흐의 방이 생각났다.

나는 젖은 옷을 벗어 의자와 탁자에 걸쳐 놓았다. 방

안은 히터가 꺼져 있었는데 온도 조절 장치를 찾을 수 없어서 밤새 추웠다. 나는 갈아입을 옷을 가져왔으면 좋았겠다고, 도라의 네 번째 남편이 도라처럼 술에 취해 기분이 좋아지거나 무턱대고 상대를 믿어버리는 사람이었으면 좋겠다고 생각했다.

다음 날 아침, 프로빈스타운 시내의 카페에서 만난 메리라는 예술가가 테이블 너머로 <뉴욕 타임스>를 권했고 그러다 날씨에 대한 이야기를 나누게 되었다. 메리는 소로의 길을 따라 걷는다는 내 이야기를 재미있게 들었고 혹시 배가 고프면 자기 집에 가서 훈제 연어와 베이글을 먹자고 했다. 메리는 집에 도착하자마자 여자 친구와 함께 기르고 있는 뒤뜰의 마리화나 밭을 보여주었고 나는 어느새 그곳에서 커피를 두 잔째 마시며 식물들의 잎사귀가 햇빛 아래 바람에 흔들리는 모습을 바라보았다. 아침을 먹은 후 다 같이 '너셋'이라고 적힌 표지판을 만들었다. 메리가 글자 주변에 분홍색 튤립을 그리며 말했다.

"이런 표지판을 보고도 태워주지 않으면 미친놈일 거야."

너셋으로 돌아가는 차는 쉽게 얻어탈 수 있었다. 오는 길에 운전사와 소소한 대화를 나누었다. 내가 오래 걸었

해변의 아비새

LOON ON THE BEACH

던 거리를 되돌아가는 삼십 분 동안 딱히 기억에 남을 만한 일은 일어나지 않았다.

집으로 돌아와 모든 기억을 잊을 듯 일주일 동안 아주 깊은 잠을 잤다. 그것이 바로 내가 원했던 것이었다. 바다가 케이프코드에게 그랬던 것처럼, 그 끈질긴 존재감 앞에서 완전히 잊혀지고 싶었다.

여정 사이의 기록,
첫 번째

케이프코드에 다녀와 아무런 꿈도 꾸지 않고 일주일 동안 잠들 수 있었지만, 다시 악몽이 찾아왔다. 보통 새벽 두 시쯤 악몽이 나를 깨우면 일어나 부엌으로 간다. 그냥 할 일이 필요해 습관처럼 물을 끓인다. 주전자 아래에서 흔들리는 푸른 불꽃을 바라보다가 주전자가 호루라기 소리를 내면 불을 끄고 뜨거운 열기가 금속에 타닥타닥 부딪치는 소리를 듣는다.

구글에 '꿈 최면'을 검색해 레아라는 동네 의사를 찾아갔다. 웹사이트에는 레아가 천오백 명 이상의 불안, 불면, 흡연, 미루는 습관, 외상후 스트레스장애, 관계 문제, 만성 피로, 온갖 종류의 포비아를 치료해왔다고 적혀 있었다. 나는 가장 빠른 날짜로 예약을 잡았다.

그리고 아침 일찍 병원에 도착했다. 두 눈은 창백하게 파랗고 앞머리를 가지런히 자른 레아는 자신감이 넘쳤고 비밀을 알고 있는 사람 특유의 미소를 시종일관 짓고 있었다. 레아는 꿈을 그만 꾸고 싶다는 내 말을 들으면서도 계속 웃었다.

"나쁜 꿈인가요?" 레아가 노래라도 하듯 가볍게 물었다. "한 번이면 해결할 수 있어요. 결제는 지금 하시겠어요, 아니면 끝난 후에 하시겠어요?"

나는 그 자리에서 결제를 했다. 지난 이 년 동안 만났던 다섯 명의 테라피스트는 모두 효과를 보려면 몇 달은 필요하다고 말했다. 나는 등받이가 기울어진 가죽 의자에 앉았다. 레아가 방의 조도를 낮췄다. 가짜 바위투성이 분수가 구석에서 물소리를 내고 있었다.

"눈을 감으세요." 레아가 말했다. "편안하신가요?"

고개를 끄덕였고 바로 내 얼굴 위에서 엄지손가락으로 모든 손가락을 한 번씩 튕기는 것 같은 소리가 났다.

"이제 잠이 듭니다." 레아가 말했다.

레아는 내가 어딘가로, 점점 더 깊은 곳으로 떨어지고

있다고 말한 다음 눈을 떠보라고 했다.

"안 떠져요." 내가 놀라서 대답했다. 눈꺼풀을 들어 올리려고 눈썹도 치켜떠 보았다. 하지만 마찬가지였다.

"좋아요. 이제 집처럼 편했던 과거의 시공간으로 가 봅니다. 그곳이 어디인가요? 어디서 안전함을 느꼈나요?"

나는 손가락을 몇 번 튕겼다고 내가 진짜 장님이 된 건가 깜짝 놀라 여전히 눈을 뜨려 하고 있었다. 눈꺼풀의 근육은 얼마나 작을지 궁금해졌다. 손톱 너비만 할까? 그렇다면 무게는 얼마나 나갈까?

"어디에 있는지 말해 보세요." 레아가 약간 재촉하는 듯 말했다.

나는 최면에 걸리지 않은 것 같았고 레아가 내 가까이 있다는 사실도 의식하고 있었고 레아의 숨소리와 그녀가 움직일 때마다 의자가 삐걱거리는 소리도 들을 수 있었다. 당황스러운 마음이 들기 시작했다. 얼굴이 빨개졌다. 나는 의자에서 꿈틀거렸다.

그리고 숨을 쉬면서 '안전한 공간'이 도대체 무슨 뜻인지 생각하려고 애썼다. 가장 집 같은 곳인가. 나는 질문의 의도를 이해했지만 동시에 레아의 눈길과 내 가까이 있는 레아의 몸을 의식하고 윙윙거리는 전기 모터의 힘으로 가짜 돌덩이들 사이를 흐르는 물소리를 들으며 마음이 쓸쓸해졌다.

"어디에 있는지 말해 주세요." 레아가 다시 말했다. 나는 눈을 더 세게 감았다. 일 분이 지났다. 또 지났다.

"어디에 있는지 말해 봅니다." 레아가 반복했다.

나는 어렸을 때 살던 집을 떠올렸다. 나무 들보의 냄새, 아빠가 수집해 벽에 못 박아 놓았던 골동품 뱀장어 작살, 형과 내가 폭죽을 쏘아 올렸던 벽난로의 굴뚝, 그리고 부엌 창밖의 붓꽃 위에 누워 있던 닥스훈트. 개가 죽자 그 붓꽃 옆에 묻어주던 일과 그때 처음이자 마지막으로 아빠가 우는 모습을 보았던 것도. 아빠는 울면서 우리의 닥스훈트에 대해 이렇게 말했다. "내 친구였다."

학교에서 돌아와 숙제를 하던 방, 어느 따뜻한 봄날 창문을 활짝 열어놓았을 때 참새 한 마리가 날아 들어왔던 방을 떠올렸다. 그 방에서 줄지어 날아가는 거위 떼를 보았고, 휴경지 위로 검은 천이 찢어지듯 날아가는 찌르레기들도 보았다. 레아 옆에서 떠올렸던 집에 대한 대부분의 기억 속에 모두 새가 있었다. 여름에 날아오는 많은 새들과 겨울까지 남아 있던 얼마 되지 않는 새들.

가을이면 학교에서 돌아온 후 가끔 엄마와 새를 관찰하러 갔다. 열 살 혹은 열한 살쯤이었을 때 엄마와 염습지를 향해 걸어가며 툰드라 백조 두 마리가 리드미컬하

35번지, 레아의 사무실

NUMBER 35. LEAH'S OFFICE

게 쌕쌕거리는 소리를 들은 적이 있다. 흔히 고니라고 부르는 백조들이었다. 백조들은 막 수면에서 떠올라 우리를 향해 날아오고 있었다. 백조가 가까이 날아오자 우리는 무릎을 굽혔는데 얼마나 가까이까지 왔는지 백조의 가슴에서 움직이는 근육이 보일 정도였다. 날갯짓 소리에 맞춰 노래하는 듯한 백조들의 숨소리가 점점 가까워지다가 바로 머리 위에서 폭발하듯 커졌다.

"습지에 있어요." 나는 레아에게 말했다. "백조 두 마리가 머리 위에서 날고 있어요."

"좋아요." 레아가 말했다. "이제 나쁜 꿈을 꾸면 마음한테 그곳에 데려다 달라고 하세요."

커타딘산:

이곳은 당신을 위해 준비된 땅이 아니다

유월이다. 거의 한 달 동안 머리가 물속에 처박힌 느낌으로 지내고 있다. 바닥이 기울어져 보여 한 번 넘어졌고 시도 때도 없이 열이 나기도 했다. 팔꿈치와 어깨가 아팠다. 수면 부족 때문인 것 같았는데 어쨌든 그래도 병원은 갔다. 채혈을 했고 의사가 나를 불러 라임병이라며, 장을 괴롭히고 햇빛에 피부가 타게 만드는 항생제 독시사이클린을 처방해 주었다. 몇 주 동안 약을 복용하니 하루에 두세 번 낮잠을 자게 되었고 밤에는 깨어나서 땀을 흘렸으며 바깥 출입도 거의 할 수 없었다. 밤에 침대에 누운 채 잠들지 못하고 깨어 있기도 싫을 때, 혹은 이미 물도 끓여서 더 이상 할 일이 없을 때가 이어졌다. 그 후로 또 몇 주 동안 왼손과 오른손이 헷갈리기 시작했다. 두 팔이 따끔거렸다. 부엌에 서서 뭘 가지러 왔는지 한참 생각하기도 했다. 어느 날 아침은 커피 잔을 들고 이리저리 움직이며 북아일랜드의 수도가 어디였는지 기억하려고 애를 썼다. 한동안 피로와 건망증과 수면 부족을 겪었을 뿐인데 그것이 결국 영원히 끝날 것 같지 않던 석 달 반 동안의 독시사이클린 복용과 낙담으로 이어졌다.

이 와중에도 메인주의 한 아티스트 레지던스 프로그램에 참가해야 했는데 그건 놓치고 싶지 않았다. 이 년 전, 북알래스카의 게이츠오브더아틱 국립공원Gates of the ARctic National Park까지 가서 툰드라 야생화를 수채화로 그렸는데 그 프로젝트가 메인주 마운트데저트섬Mount Desert Island 건너편 반도에 있는 아카디아 국립공원Acadia National Park 내 스쿠딕 인스티튜트Schoodic Institute에 머물며 해안 식물을 그려볼 수 있는 기회로 이어졌다.

나는 수채 물감과 캠핑 용품, 독시사이클린 병을 들고 북쪽으로 향했다.

"진드기가 문 자국은 한 번도 못 봤는데." 나는 메인주를 여행하다가 아카디아로 나를 찾아온 음악가 친구 벤에게 말했다. “이제 잠 못 자는 사람처럼 보여도 되는 핑곗거리는 생긴 거지.”

우리는 마운트데저트섬의 언덕을 올라가고 있었는데 나는 팔다리가 꿀로 뒤덮여 있는 느낌이었다. 우리는 차갑게 반짝이는 메인주의 바다를 굽어보는 화강암 위에 섰다.

“너 정말 안 좋아 보여.” 벤이 말했다. “진짜 창백해. 다시 병원에 가 봐야 하는 거 아니야?”

“눈이랑 관절에 박테리아가 살고 있어.” 내가 말했다.

“그러니 상태가 좋을 리가 없지.”

우리는 바람에 쓰러진 상록수들을 지나 산줄기를 따라 계속 걸었다.

“커타딘Katahdin산에 올라가 봤지?” 내가 물었다.

벤은 보스턴 북쪽의 거의 모든 산을 섭렵했다. 커타딘은 메인주의 가장 높은 산이고 1846년 9월, 헨리 역시 올랐던 산이다. 케이프코드를 걷기 삼 년 전에.

“그랬지.” 벤이 말했다. “왜?”

오월에 케이프코드에 다녀온 지 오 주가 지나 있었다. 나는 또 걷고 싶었다. 또 한 번 레이저 쇼에 이끌리고 싶었고 도라 같은 사람을 만나고 싶었고 그래서 내 마음이 휩쓸려 버렸으면 했다.

나는 케이프코드를 따라 걸었던 일에 대해 말했고, 어쩌면 소로가 걸었던 또 다른 길을 걸을지도 모르겠다고 말했다.

"어쨌든 지금 메인주에 와 있으니까." 내가 말했다. "그래서 커타딘에 한번 올라볼까 싶은 거지."

"글쎄." 벤이 말했다. "지금은 그 산에 오를 때가 아니라고 말하지는 않겠지만, 그래도 안 가는 게 좋겠어. 혹시 간다면 산 아래 주차장을 예약하고 가."

우리는 다 걸은 다음 벤의 차로 돌아왔다.

"행운을 빌어." 벤이 숙소에 나를 내려주며 말했다. "헬리콥터를 불러야 할 수도 있으니 전화기는 꼭 챙기고."

나는 웃었고 그는 웃지 않았다.

나는 숙소로 돌아와 커타딘산의 관문 밀리노켓Millinocket에 있는 에어비앤비를 예약했고, 밤에 불이 켜지자 수채물감을 들고 밖으로 나가 그릴 만한 꽃이 있는지 발 주변을 둘러보았다. 낮이 가장 긴 여름의 꼭대기 즈음이었음에도 불구하고 레지던스는 황량해 보였다. 도착했던 날, 레지던스 상주 예술가를 관리하는 코디네이터가 내가 진행할 수업이 취소되었다고 말해 주었다. '자유 시간이 많아지니까' 좋은 일이라고 그녀는 말했다. 그래서인지 하루 종일 건물들 사잇길을 종종거리는 관리자들이나 생태학자들 몇 명밖에 볼 수 없었다. 남극을 주제로 한 다큐멘터리에서 보았던 것처럼 나도 카페테리아에서 생물학자들을 만나 예술과 과학의 접점에 대해 의견을 교환할 수 있을 거라고 생각했지만 그런 카페테리아조차 없었다. 도착하기 전날 받은 이메일에는 이렇게 쓰여 있었다. '식사는 제공되지 않습니다.' 그래서 나는 매일 밤 혼자 숙소에서 냉동 피자나 스파게티를 먹었고 내 앞에 놓인 텅 빈 캠퍼스를 둘러싼 어두운 밤은 길고 길었다. 가끔 이십 분 거리에 있는 인구 몇 백 명의 작은 마을 윈터 하버Winter Harbor까지 나갔는데 그곳에서도 들썩들썩한 랍스터 축제는 내가 떠난 뒤 몇 달 후에야 열릴 예정이었다.

한마디로 그 코디네이터의 말대로 혼자 있을 시간이 아주 많았다. 밤마다 거의 오백 쪽에 달하는 헨리 데이비드 소로의 『메인 숲The Maine Woods』을 읽으며 보냈는데 그 책이라도 가져오길 얼마나 다행이었는지 모른다.

'나는 나의 몸을 경외한다'고 그는 커타딘산 부분에서 말했다.

나는 부엌 테이블의 형광등 불빛 아래서 그 책을 읽고

있었다.

'내가 묶여 있는 이 물질이 아주 낯설어졌다. 나는 영혼도 유령도 두렵지 않다. 자신이 그중 하나이기 때문이다. 내 몸은 어쩌면 두려워할지 모른다. 하지만 나는 육체가 두렵고 육체를 만나기가 겁난다. 나를 사로잡고 있는 이 타이탄의 정체는 무엇인가? 신비롭지 않은가! 자연 속에서의 삶에 대해 생각해 보라. 매일 물질을 마주하고 물질과 접촉하는 삶을 말이다. 바위와 나무, 뺨에 스치는 바람! 단단한 대지! 우리가 사는 실제 세계! 평범한 감각들! 접촉하라! 연결되어라! 우리는 누구인가? 그리고 이곳은 어디인가?'

나는 내 몸에 대해 그만큼의 열정은 없이 푸른색 독시사이클린 알약 하나를 먹고 침대에 누웠다.

헨리도 두 번 크게 아팠다고 전해진다. 첫 번째는 1842년 겨울이었는데, 헨리가 스물네 살 때 형 존이 면도칼을 다듬다가 베인 부위가 마비되더니 열흘만에 파상풍으로 사망했다. 이후 헨리는 심리적인 문제로 마비가 왔는데 상태가 심각해 가족들은 헨리 역시 죽을 거라고 생각했다. 그 부분을 읽고 오래 지난 후에 깨달았는데 1842년은 헨리가 그 유명한 산책을 처음 시작한 해였다.

헨리는 콩코드에 있는 집을 나서 와추셋Wachusett 산까지 서쪽으로 60킬로미터가 넘는 길을 천천히 걸었다. 상실에 대한 애도였을까? 며칠 밤이라도 다른 장소에서 잠들고 가을 귀뚜라미의 노랫소리를 듣고 오직 낯선 사람들만 만나고 다음 끼니가 오기 전에 허기를 느끼며 그날 하루 해야 할 일은 오직 걷는 것뿐이라는 단순한 사실로 현실을 잊고 싶었을까?

헨리를 또 한 번 심각한 상태로 이끈 것은 바로 결핵이었고 그것이 결국 그를 마흔네 살의 나이에 죽음으로 내몰았다. 하지만 나는 여전히 나이든 현자와 같은 두 눈과 회색 수염으로 우리 안에 영원히 살아 있는 우아한 작가의 나이에 대한 기록에 여전히 오류가 있다고 생각한다.

헨리가 매사추세츠의 집에서 나와 커타딘산 입구에 도착하기까지는 일주일이 넘게 걸렸다. 하지만 나는 점심을 먹고 레지던스를 출발해 오후에 그곳에 도착했다. 모기 수백 마리가 내 바람막이에 들러붙었다. 나는 뒷길로 걸었는데 그 길이 더 아름답고 영업 중인 가게들도 있는 마을을 지나가는 길이었기 때문이다. 작은 도시 뱅고르Bangor 근처에서 악어거북을 만나 잠시 멈췄다. 거북이가 움직이지 않자 깜빡이를 켜고 길 한가운데 차를 세운

다음 나무에서 꺾은 가지로 거북이를 찔러보았는데, 동물들이 길을 건너는 것을 도와주면 행운이 온다고 생각했기 때문이다. 거북이가 길을 건너는 그 십 분 동안 모기들은 내 콧구멍과 눈꺼풀까지 물었다.

"오늘 밤 예약 관련해서 전화드렸습니다." 아직도 북쪽을 향해 달리고 있을 때 나의 에어비앤비 호스트 밥이 전화기 너머로 말했다. 이중 예약이 되어 혹시 다른 집에 묵어도 괜찮겠냐고 묻는 전화였다.

"괜찮습니다." 내가 말했다.

"마음에 드실 겁니다." 그가 말했다.

해가 질 즈음 나는 밥이 일러준 밀리노켓의 다른 집 앞에 도착해 그를 만났다. 주로 밀을 재배하는 오래된 마을을 가로지르는 기찻길 옆 작고 예쁜 집이었다. 옆으로 집들이 나란히 서 있었는데 요즘 교외에서 보는 비좁은 집들보다 잔디는 조금 더 지저분했다.

밥은 나보다 머리 하나가 더 컸고 가죽처럼 그을린 피부 위 회색 콧수염을 길렀고 푸른색 눈은 고양이 같았다. 그는 거기까지 운전해 온 이야기, 거북이를 건드렸던 이야기를 들으며 웃었다. 그는 손가락이 하나 없었는데, 나도 사고로 중지 마지막 마디를 잃은 후 손가락의 일부가 없는 사람들을 좋아하게 되었다.

죽은 남자의 집

HOUSE OF THE DECEASED MAN

"은행에서 막 구입한 집입니다." 밥이 나를 안으로 안내하며 말했다. "이 집 주인장이 몇 달 전에 죽었거든요."

이런 상황에서 어떤 감정을 느껴야 할지 아리송했지만 그래도 밥의 솔직함에는 감사했다. 죽음이 무서워 도망가는 사람은 되고 싶지 않다는 것 하나는 확실했다. 게다가 혹시 귀신을 본다면 이 세상에는 눈앞에 보이는 것 이상이 존재한다는 사실도 결국 믿을 수 있게 될 것이다.

밥이 나를 침실로 안내했는데 방 안에는 침대가 아니라 이동식 침상이 있었다. 이 글을 쓰면서 확인해 보니 그 물건은 병실의 침대도 아니고 그야말로 바퀴 달린 환자 이송용 침상이었다.

"여기서 처음으로 묵는 손님이세요!" 밥이 신이 나서 말했다. 그리고 바닥을 가리키며 덧붙였다. "카펫을 다 새로 했답니다."

나는 힘 빠진 햇살이 가득한 방에 서 있었다. 그리고 분명 어떤 남자가 죽었을지도 모르는, 혹은 죽기 직전까지 누워 있었을 침대를 바라보았다.

"내일 산에 가십니까?" 밥이 물었다.

"가 보려고요." 내가 대답했다.

"쉬워요." 그가 말했다. "하지만 일찍 일어나셔야 합니다. 여기요." 그가 침대 옆 협탁 서랍에서 디지털 시계를 꺼냈다. 시계를 플러그에 꽂고 몇 시에 하이킹을 시작할 건지 물었다. 그리고 자기 손목 시계를 보며 시간을 맞추었다.

우리는 악수를 했다. 밥이 융통성을 발휘해 줘서 고맙다고 말했다. 나는 괜찮다고 대답했다.

밥이 나간 후 나는 침상에 앉아 단단한 매트리스를 눌러보고 두 발을 들고 한번 누워보았다. 매트리스 중앙으로 확실하게 길이 나 있었고 그래서 내 척추도 그 길 위에 누웠다. 더 편한 자세를 찾기 위해 몸을 돌리자 시트에서 바스락 소리가 났는데 만져보니 밤중에 실례하는 사람들이 쓸 것 같은 플라스틱 덮개가 매트리스에 씌어 있었다. 머뭇거리며 냄새를 맡아보니 세탁 세제의 향이 물씬 풍겼다.

커타딘산에 오르기 전날 밤, 헨리와 친구들은 숲에서 향나무 가지를 잘랐다. 그들 중 한 명이 '도끼를 들고 앞장서 가며 잎이 납작한 향나무와 정원에 주로 심는 측백나무의 제일 작은 가지들만 골라 자르면, 우리가 그것들을 모아 배로 가져오는 일을 가지가 잔뜩 쌓일 때까지 반복했다. 침대는 마치 지붕에 널을 올리듯 세심하게 공들여 만들었다. 발치부터 머리맡까지 향나무 가지 끝이 위를 향하게 한 방향으로 놓으면서 잘린 가지 끝이 덮이도록 부드럽고 평평하게 만들었다'.

내 침대는 부드럽지도 평평하지도 않았다. 침상의 절반을 위로 들어 올릴 수 있는 조절 장치가 있었는데 몇 도 위로 올려진 채 고정되어 움직이지 않았다.

나는 저녁거리를 찾아 나섰다.

헨리는 근처 개울에서 잡은 생선을 먹었다. 그리고 그 물고기에 대해 이렇게 기록했다. '이토록 아름다운 보석들이 그토록 긴 암흑기 동안 애볼자크내거식Aboljacknagesic 강물에서 헤엄쳐 왔을 것이다. 인디언들만 볼 수 있었던 이 찬란한 하천의 꽃들이 이토록 아름답게 만들어져 이곳에서 헤엄치는 이유는 오직 신만이 아실 것이다!' 그리고 그는 '농축된 구름'이라며 물 한 바가지를 마셨다.

시내에서 1.5킬로미터 정도 떨어진, 우뚝 솟은 상록수들 사이에 위치한 레스토랑의 메뉴는 죄다 고기로 가득했다. 그때 나는 이웃의 아기 돼지들과 하루를 보낸 후 무거운 죄책감으로 또 한 번의 채식주의자 시기를 지나고 있었다.

"스파게티 부탁합니다." 내가 웨이트리스에게 말했다. "미트볼은 빼고 주세요."

"소시지 넣어드려요?" 웨이트리스가 물었다.

"괜찮습니다." 내가 대답했다.

그리고 항생제 때문에 술은 마시기가 겁이 나 물을 주문했다.

"소스만 얹은 파스타. 그리고 물이요?" 웨이트리스가 물었다.

내가 고개를 끄덕이자 그녀는 마치 내가 무슨 잘못이라도 한 듯 고개를 저었다. 그냥 슈퍼마켓에 갔어야 했나 싶었지만 죽은 남자의 집에서 도망치고 싶었다. 이야기 나눌 사람도 없어서 나는 바 위에 나란히 걸린 텔레비전 두 대에서 같은 야구 경기가 동시에 방송되는 것을 보았다. 두 화면을 동시에 보고 있으니 최면이라도 걸릴 것 같았다. 경기 중인 두 선수가 두 개의 화면에서 동시에 대각선 방향으로 화면을 갈랐다. 두 개의 야구공이 화면 중앙에 선을 그으며 날았고, 고개를 끄덕이고 얼굴을 찡그리며 고개를 돌려 1루 주자를 찾는 투수의 얼굴 두 개가 화면에 클로즈업되었다. 새 떼가 한꺼번에 날아가는 모습을 볼 때처럼 정신이 몽롱해지는 듯했다.

파스타의 묽은 토마토 소스에서는 요오드 같은 맛이 났다.

'저녁은 홍수에 떠밀려 온 커다란 통나무 위에 앉아 먹었다'고 헨리는 기록했다. '그날 밤 우리는 측백나무를 넣은 음식을 먹고 향나무 차를 마셨는데 벌목꾼들이 다

밀리노켓에서의 저녁식사

DINNER IN MILLINOCKET

른 허브가 없을 때 가끔 쓰는 재료였다.' 그리고 그는 세게 타오르는 모닥불 옆에서 쉬었고 '밤에는 송어를 낚시하는 꿈을 꾸었다'고 기록했다.

나는 숙소로 돌아와 잘 준비를 했다. 죽은 남자의 욕실에서 몸을 씻고, 죽은 남자의 수건 한 장으로 몸을 닦고, 거울 앞에 서서 이를 닦으며 죽은 그 남자도 바로 몇 달 전까지 거울에 비치는 자기 모습을 바라보며 수년 동안 여기 서 있었겠거니 생각했다. 이제 그 거울 속에 내가 있다. 마치 삶의 헛됨을 단박에 보여주는 장면 같았다. 언젠가는 다른 사람의 얼굴이 나의 얼굴도 대신할 것이다. 내가 이를 닦으며 서 있던 세면대에 다른 사람이 서 있을 것이다. 나의 빈자리는 그렇게 채워질 것이다.

눈을 감고 침상에 누웠지만 불안해서 잠이 들지 못했다. 새벽에 일어나 하루만에 산에 올라갔다 내려와야 했는데 심지어 항생제 두 알을 먹고 배도 몹시 아플 예정이었기 때문이다. 그래서 얕은 잠만 들었는데 그 와중에 침실 입구에서 누가 나를 노려보고 있는 꿈을 꾸었다.

몇 시간 후 날카로운 비명소리가 들렸다. 침상에서 벌떡 일어났는데 그 소리가 마치 죽은 자의 외침이 분명한 것 같아서 심장이 갈비뼈를 마구 쳐댔다. 알람 시계가 깜빡였다. 시간을 잘못 맞춘 것이었다. 알람을 끌 버튼을

못 찾아 시계를 마구 때리다가 전원을 뽑아 던져 버렸다. 숨이 차올랐다. 자동차 사고가 날 뻔했을 때처럼 두 다리에 으스스 소름이 돋았다.

거의 밤새 거실 소파에 앉아 있었는데 있어 보니 침상보다 훨씬 편했다. 아주 멀리서 기차 경적이 들렸고 덕분에 이곳에서 동서남북으로 160킬로미터까지 펼쳐진 황무지의 고요가 더 선명해졌다.

다음 날 정오가 되기 전, 나는 수목 한계선 위에 서 있었는데 캐나다에서 바람이 불어왔고 대기를 뚫고 보이는 먼 산들은 연푸른색이었다. 헨리가 올랐던 바로 그 길을 따라 걷는 일은 생각보다 쉬웠다. 잘 다져진 길은 야생으로 들어서고 싶다는 내 마음과 달리 관광객들이 찾는 곳으로 이어진다는 뜻이었다. 어려운 구간에서는 계단이 도움이 되었다. 확실한 표지판들 때문에 길을 잃을 수도 없었다. 바닥에 깔린 나무 널빤지 덕분에 축축한 구간에서도 발이 젖지 않았다. 그리고 역시 관광객들이 여럿 있었다. 등산 스틱 두 개를 든 남자의 팔에 달린 전화기에서 작은 음악 소리가 들렸다. 한 커플은 길가에서 싸우고 있었는데 남자는 앉아 있는 여자를 내려다보며 포기한다는 듯 손을 들었고 여자는 그냥 혼자 가라고 계속 말했다. 구름은 많았지만 비는 내리지 않았는데 비옷을 입은 고등학생 한 무리가 수백 장의 플라스틱이 스치는 소리를 냈다. 헨리는 산을 오르다가 지나는 개울 옆에서 발자국을 보고 '놀랐다'고 기록했다. 이렇게 깊은 산속에 또 다른 여행자가 있다는 사실이 믿기지 않는다면서 말이다. 하지만 알고 보니 그 발자국은 몇 시간 일찍 출발했던 일행의 것이었다.

해가 구름을 가르고 모습을 드러냈다. 나는 앉아서 노트에 이렇게 기록했다. '전나무들의 기억을 내 생각과 기꺼이 바꾸고 싶었다. 눈, 얼음, 태양.'

산의 정상은 '광활했다'고 헨리는 기록했다. '타이탄족의 영토, 사람이 절대 살지 않는 곳. 산을 오르며 그 광경을 지켜보는 이는 갈비뼈 사이의 느슨한 틈으로 자신의 일부, 아주 중요한 일부를 잃어버린다. 그는 어느 때보다 더 고독하다. 인간이 살던 평지에서와 달리 그는 충분히 생각하지도 제대로 이해하지도 못한다. …(자연은) 준엄하게 말하는 듯하다. 그대는 어찌하여 정해진 시간보다 일찍 왔는가? 이곳은 그대를 위해 준비한 땅이 아니거늘. …어째서 내가 부르지 않은 곳까지 찾아와 내가 계모와 같다고 불평하는가? 그대가 추위와 배고픔에 떨며 죽어간들 이곳에는 성지도 없고 제단도 없으며 내 귀에 그

소식이 닿지도 않는다.'

"말이 돼?" 정상에서 내 옆에 서 있던 한 남자가 전화기를 보며 말했다. "서비스 지역이 아니라고?"

삶의 각종 업무를 내려놓고 산에 오르려는 노력을 우리는 포기한 것인가, 나는 생각했다. 지금 내 옆의 두 사람처럼, 지금 페이스타임을 거는 것도 괜찮은가? '산의 정상은 미완의 세계에 속한다'고 헨리는 생각했고 그래서 '그곳에 올라가 신들의 비밀을 엿보고 인간에게 미치는 영향력을 시험하는 것은 신들에 대한 가벼운 모욕이다'라고 말했다. 머리 위로 전화기를 흔들고 있는 것, 신에 대한 모욕은 그쯤에서 멈춰야 할 것이다.

지난 십여 년간 산꼭대기에 올라 본 적이 있다면 사람들이 셀피를 찍은 후 하는 일이 무엇인지 알 것이다. 바로 먹는 일이다. 여기저기서 은박지로 싼 샌드위치와 말린 과일을 담은 지퍼백, 성냥갑 크기의 건포도 상자와 사과, 평소에는 거들떠보지도 않을 엄청난 크기의 땅콩 초콜릿 봉지들이 나왔다. 그랬으니 내 옆에 앉아 놀랍게도 아보카도 한 개와 레드 소다를 꺼낸 남자에게 나는 감사라도 하고 싶을 지경이었다.

그는 아보카도를 반으로 썬 다음 친구에게 소다를 가리키며 말했다. "자연에서 추출한 라즈베리 향이야. 완전

천연이지."

"화학 약품이야." 친구가 말했다. "인공 향료라고 써 있잖아."

"아니야." 그가 흰색 플라스틱 숟가락으로 아보카도를 퍼내며 말했다. "비버의 항문에서 추출한 거야. 천연이라니까."

그는 이십 대 중반이었고 정상에서 불어닥치는 바람에 빠글빠글하고 긴 곱슬머리가 휘날리고 있었다. 그는 도라처럼 테가 굵은 안경을 썼고 등산 장비라고는 하나 없이 카키색 반바지와 낡은 플란넬 셔츠를 입고 있었다. 그는 도대체 여기서 뭘 하고 있는 걸까? 왜 정상까지 올랐을까? 어떤 호기심 혹은 필요가 그를 여기로 이끌었을까?

바람이 불어와 그들의 비버와 향료 대화를 거두어 갔다. 그리고 그는 자리에서 일어나 한 발을 바위 위에 올리고 무릎을 굽혔다.

"그런 게 바로 어른이지." 그가 말했다. "속옷 지린내 정도는 이제 알아서 할 수 있거든. 엄마가 언더아머를 사주길 기다릴 필요도 없고. 직접 가서 사면 되니까."

나는 갑자기 몹시 피곤해졌다. 그래서 정상의 다른 쪽으로 갔는데 그쪽에서는 칼처럼 날카롭기로 유명한 나이프에지 트레일Knife Edge trail이 내려다보였다. 나는 그날의 두 번째 항생제를 한 알 삼키고 평평한 돌을 찾아 누웠다. 바위에서 화약 냄새가 났다. 바람이 모기를 밀어내주었다. 태양이 피부를 데웠다. 역시 라임병의 증상이라는데, 두 눈 뒤의 찌릿찌릿한 느낌을 시작으로 잠이 달려들기 시작했다.

그리고 바로 그때 그녀의 목소리가 들렸다. 폭풍우가 헨리를 정상에서 끌어내렸다면, 나를 정상에서 끌어내린 건 십 대 여자아이의 목소리였다.

"하나도 재미없다고!" 여자애가 외쳤다.

나는 잠이 들려다 깜짝 놀라 일어나 앉았다. 그녀는 30미터쯤 떨어진 바위 위에 앉아 있었다. 부모가 양옆에 서서 아이를 내려다보고 있었다. 나는 바위에 가려진 위치여서 그들은 아마 나를 보지 못했을 것이다.

"정상이 바로 저기야." 아빠가 말했다. "거의 다 왔어."

"거짓말하지 마!" 그녀가 외쳤다. 정말 비명을 질렀다. 하지만, 맞다. 정상은 정말 바로 위였다. 몇 미터만 가면 금방이었다.

아빠와 엄마가 마주 보았다. 딸은 팔짱을 끼고 고개를 숙이고 있었다. 그 순간 그들은 산중턱에서 고요히 기도하고 있는 옛날 르네상스 시대의 가족 그림처럼 평화로워 보일 지경이었다. 마치 신성한 순간인 듯, 은총을 기다리는. 들리는 소리라고는 북풍에 돌멩이가 달그락거리는 소리뿐이었다.

"지금 샌드위치 먹을까?" 아빠가 물었다.

그녀는 이번에도 소리를 질렀다. 어떤 단어도 아닌 금속성의 소리만 목구멍에서 빠져나왔다.

"그냥 가요." 엄마가 아빠한테 말했다. "어서 가."

아빠가 몸을 돌려 정상을 향해 멀어졌다. 딸 곁에 잠시 앉아 있던 엄마 역시 마찬가지였다.

"여기 있어." 엄마가 딸에게 말했다. "십오 분이면 올 거야."

'나는 나의 삶을 시냇물에서 춤추는 버드나무잎처럼 소극적으로 수용해야 한다'고 헨리는 언젠가 기록했는데, 아마 그 소녀 혹은 부모에게 딱 맞는 조언인지도 모르겠다.

아이는 엄마 아빠가 제법 멀어지기 전에 서둘러 뒤쫓아 갔다.

발전된 교외 풍경이나 잘 닦인 도로가 아닌 바로 그 순간이 헨리의 경험과 내 경험이 얼마나 다른지 여실히 보여주는 순간이었다. 한 가족이 느긋하고 안전하게 메인주의 가장 높은 봉우리를 오를 때 그들의 가장 큰 걱정

커타딘산 정상

KATAHDIN SUMMIT

거리는 가족 구성원 모두 그 나들이를 즐기는지 혹은 샌드위치가 그 즐거움에 도움이 될 것인지다. 그건 마치 자연의 모든 곳에 사람의 손길이 전부 닿아버린 것 같은 느낌이었다.

헨리는 이곳에서 보낸 시간에 대해 이렇게 기록했다.

'나는 적개심 넘치는 구름에 파묻혀 있었기에 뭐 하나 제대로 보이지 않았다. 그러다 내가 서 있는 곳으로 바람이 불어와 밝은 빛을 보여주었다.'

나는 마지막으로 한 번 더 정상에 섰다. 그 가족도 정상에서 모두 각자 샌드위치를 먹고 있었다. 딸은 샌드위치를 갈기갈기 찢고 음악을 들으며 몸을 흔들고 있었는데, 헤드폰이 내 눈에 들어왔고 그제야 그녀는 몹시 행복해 보였다. 부모는 먼 곳의 푸르스름한 산과 수만 년 전 빙하가 만든 계곡의 광활한 호수를 각자 바라보고 있었다. 넋을 잃었거나 다소 피곤한 것처럼, 어쩌면 생각에 잠겼거나 자기한테만 들리는 음악에 몸을 흔드는 딸 너머 황무지의 광대함에 충격을 받은 것처럼.

'어쩌면' 헨리는 산을 내려오며 이렇게 기록했다. '나는 이것이, 인간이 무엇이라고 부르든, 태고의 길들여지지 않은, 그리고 영원히 길들일 수 없는 '자연'임을 산을 내려오며 온전히 이해했다.' 그 자연의 수평선 너머에는 가장 깊은 시골까지 뚫고 들어온 자동차와 도로, 등산도 하루만에 뚝딱 할 수 있게 만든 인터넷과 전화기, 난방기와 에어컨, 길을 내는 사람들과 매해 그 길을 오르는 수천 명의 사람들이 있다. 어쩌면 그는 우리의 수를 감히 상상도 못했을 것이다. 그가 걸었던 바로 그 땅을 돌보고 남용하고 목격하는 사람의 수가 엄청나다는 사실을, 그 숫자로 우리가 풍경의 가장 먼 곳까지 파괴하는 파도를 만들어버릴 것이라는 사실은 꿈에도 몰랐을 것이다. 내가 보는 수평선 너머에는 어떤 기술과 발전의 파도가 있을 것인가? 나는 정상에서 내려오면서 생각했다. 이 모든 것은 아주 천천히 파괴되어 나는 결국 그것을 파괴가 아니라 하나의 변화로 받아들이게 될 것인가?

산을 내려오면서 바위를 타고 넘는 곱슬머리 남자를 지났다. 그에게 비버에 대해 물어볼까 생각했다. 헨리가 커타딘산에서 경험했던 바로 그 자연은 아니겠지만 물 근처에 살며 나무를 먹고 댐을 만드는 그 거대한 설치류 똥구멍의 베리 향이 그 순간 내가 믿고 싶었던 자연의 신비였다.

나는 땅거미가 질 때쯤 스쿠딕으로 돌아왔다. 물을 끓

이며 해변으로 한 시간 반 거리의 블루 힐Blue Hill에 사는 친구 킵의 메시지를 확인했다. 킵의 가족은 불가사리, 칠성장어, 성게 등의 해양 표본을 잡아 생물학과 학생들이 해부할 수 있도록 대학에 공급하는 일을 하고 있었다. 나는 십여 년 전 메인주 남쪽에 있는 섬에서 현장 조류학 수업을 듣고 숄스 해양 연구소Shoals Marine Laboratory에서 연구를 했는데 그때 킵을 만났다. 나는 거의 매일 해군 점프 수트를 입고 어깨 높이까지 오는 덩굴옻나무를 헤치며 참솜깃오리가 깃털로 만든 둥지와 그 안의 크림민트색 알들을 찾아내 새끼들이 큰검은등갈매기에게 매일 몇 마리씩 잡아 먹히는지 기록했다.

킵은 숄스의 실험 준비 담당자로 해부학 수업을 위해 죽은 물개를 펼쳐놓고 배송을 관리하고 데이터를 정리했다. 킵은 바이올린을, 나는 밴조를 연주했고 둘 다 조류 관찰을 사랑했다. 우리는 좋은 친구가 되어 음악을 연주하며 섬에서 많은 밤을 함께 보냈다. 스쿠딕에 도착하기 전, 몇 주 동안 메인주 해안가에 있을 테니 언젠가 만나자는 소식을 전했는데 이제 답이 온 것이다.

스쿠딕 포인트 바로 북쪽에 해파리가 '만발'한다고 킵은 음성 메시지를 남겼다. 내일 만나자고, 보트를 타고 나를 데리러 온다고 했다. 나는 해파리가 만발한다는 게 무슨 뜻인지, 바다에 얼마나 오래 나가 있을지, 날씨는 어떨지, 혹시 무슨 일 때문에 가는 건지 하나도 몰랐지만, 꼭 옛 친구를 만나 얼굴을 보며 이야기를 나누고 싶었다.

그리고 다음 날 아침 나는 차가운 초록색 수면 위, 모터로 움직이는 킵 아버지의 보트에서 그 주를 통틀어 가장 행복한 순간을 보냈다. 킵은 양봉은 어떻게 되고 있는지, 해초 압화는 어떤지, 정원에서 무엇을 키우고 있는지, 새로 들인 양 떼는 어떤지, 그리고 잘린 나뭇가지 잎사귀를 가축에게 먹이는 오랜 전통인 '에어 메도우air meadows'에 어쩌다 관심이 생겼는지 이야기했다.

"여기 있다." 킵이 말을 끊고 보트 건너편을 가리키며 말했다. "곧 떠오를 거야."

물속에서 달빛처럼 창백한 해파리 수백 마리, 수천 마리가 수면으로 솟아올랐다. 흐릿한 동그라미는 지름이 30센티미터 정도 되었고 가운데 더 작은 동그라미 네 개를 품고 있었다. 만발한 해파리 무리는 보이지 않는 물속의 흐름을 타고 무리 지어 물결치고 떠다니며 수면 위로 떠올랐다 가라앉았다.

해파리가 '만발'한다는 말은 꽃처럼 피어난다는 말이 아니라 넘칠 듯 풍요롭고 풍성하게 바다를 가득 메운다는 뜻이었다. 바다의 뺨이 붉게 물들 만큼.

킵은 뱃전에 기대 그물을 쳐 몇 마리를 집어 올린 다음 보존액이 들어 있는 통에 조심히 넣었다.

우리는 그렇게 아침을 보냈다. 해파리들은 육체가 없는 물속의 거대한 폐처럼 떠올랐다가 가라앉았다. 우리는 해파리들이 그물을 피해 가라앉아 있는 동안 이야기를 나누었다.

그날 밤 숙소로 돌아와 '에어 메도우'를 검색해 보았지만 '초원과 비' 향의 페브리즈 광고 리뷰만 검색되었다. 나는 그 시적인 표현이 어떻게 은근슬쩍 농업 용어가 되었는지, 동물들이 하늘에서 풀을 뜯는 모습이나 씹어 먹을 수 있는 공기를 떠올리게 만드는 그 말을 누가 처음 썼는지 찾아 보았지만 인터넷의 도마 위에서 산산조각 난 단어들만 찾아냈을 뿐이었다. 다음 날 아침 킵에게 전화해 볼 생각이었다. 킵이라면 그 말이 어디서 왔는지 알고 있을지도 몰랐다.

그날 밤 나는 밖으로 나가 해안까지 걸었다. 그리고 화강암 바위 위에 서서 시커먼 바다를 바라보며 그 아래에 무엇이 있을지 생각했다.

여정 사이의 기록,
두번째

아직 월든에 가보지 못했던 나는 커타딘산에 다녀오고 몇 달 후인 팔월의 어느 더운 날, 미국에서 가장 유명한 호수를 보기 위해 차를 몰았다.

주차장 근처에 복원해놓은 헨리의 오두막은 생각보다 작았고, 근처의 자동차 소리와 호수로 향하는 가족들의 목소리가 가득한 그곳이 한때는 고요했다는 사실을 믿으려면 약간의 상상력이 필요했다.

나는 오두막 안으로 들어가 모형 스토브 옆에 있는 모형 흔들의자에 앉았다. 아마 움푹 들어간 멍한 눈으로 바닥을 바라보고 있었을 것이다. 라임병이 계속 악화되어 항생제를 달고 살던 날들이었다. 게다가 그때 나는 건강이 나빠지면서 꾸밈을 등한시해 수염도 길었고 머리도 제때 깎지 않고 있었다. 아무리 그랬더라도 한 여자가 아들과 함께 들어와 걸음을 멈추고 이렇게 말하자 놀라지 않을 수 없었다. "어머, 저기 봐. 저기 앉아 계시네."

나는 옷도 늘 입던 대로 입는 편이었다. 바지는 대부분 검은색 면바지에 상의는 단추 달린 셔츠였다. 그리고 부츠 아니면 나막신 같은 신발을 신었다.

"가서 여쭤보렴." 나를 재연 배우라고 생각했던 여자가 아들을 앞으로 밀면서 말했다.

나는 삐걱거리는 나무 바닥을 밟으며 슬금슬금 내게 다가오는 소년에게 콩 재배나 시민 불복종에 대해 뭐라도 잠깐 말해 줘야 하나 생각했지만 이내 마음이 피곤해졌다.

내가 손을 들고 웃으며 말했다. "아닙니다."

나는 일어나서 엉거주춤 바지를 털었다. 그리고 소년을 지나 오두막 밖으로 나와 헨리가 나체로 수영했던 호숫가로 갔다. 어쩌면 그렇게 나가버리는 것도 그의 성격에 맞았을 거라고 생각하며 뒤를 돌아보니 여자가 '이런 황당한 일이!' 하는 표정으로 나를 보고 있었다.

호수는 짙은 청색의 셀로판지 같았다. 가장자리의 나무들이 한여름 바람에 흔들리고 있었다. 나는 모래 바닥에 앉아 제비들이 수면을 쪼아 물을 마시고 둥지를 만드는 데 필요한 흰 깃털을 낚아채는 모습을 바라보았다. 수영복을 입은 나이 많은 노인 한 명이 지팡이를 짚고 내가 앉아 있는 물가로 다가오고 있었다. 그는 혼자였다. 그는 천천히 움직였는데, 한 걸음 내디딜 때마다 고통스러운지 몇 초씩 쉬는 것 같았다. 그리고 지팡이를 들어 반 발짝 앞에 놓고 또 다음 걸음을 옮겼다.

다시는 보지 못할 것이 분명한 풍경들이 있다. 지팡이를 짚고 비틀비틀 호수로 들어가는 노인처럼. 지팡이를 꼭 쥔 그의 손에 수면이 닿았다. 그리고 그는 찰랑거리는 수면을 향해 몸을 던졌다. 누군가 날아오르는 모습을 그만큼 가까이에서 볼 기회는 아마 없을 것이다. 그는 납작하게 누워 두 팔을 날개처럼 펼쳤다. 발가락이 수면 밖으로 튀어나왔다. 그 위에서 제비가 급강하했다. 그는 팔을 머리 위로 올리고 호수의 중앙을 향해 헤엄쳐 갔다. 지팡이는 버려두고 중력에 붙잡혀 있을 때보다 훨씬 빠른 속도로. 껍질을 벗다, 탈피하다, 질주하다, 속박을 풀다 같은 단어들이 머릿속에 떠올랐다.

나는 셔츠와 신발과 양말과 바지를 벗었다. 팬티만 남

았다. 그 남자의 지팡이를 지나 호수로 걸어 들어갔다. 웰플릿에서 본 청어와 비슷한 크기의 카키색 작은 물고기가 지팡이 아랫부분에 촘촘히 모여 있었다.

나는 수심이 3~4미터 정도 되는 곳까지 헤엄쳐 갔다. 호수는 놀랍도록 투명했다. 나는 숨을 참았다가 전부 내뱉었다. 그리고 가라앉았다. 공기방울이 얼굴을 간지럽혔다. 두 눈을 떠 수면을 뚫고 수직으로 내려오는 흐릿한 햇빛을 보았다. 폐는 터질 것 같았지만 더 깊이 들어갈수록 관절의 통증이 사라져서 기분이 좋아졌다. 두 발이 바닥에 닿았다. 나는 수압에 귀가 막히고 관절은 나른해진 채, 헨리가 매일 아침 찾아갔던 그 호수 바닥에 서 있었다. 고요 그 자체였다. 그때 사방에서 달려드는, 물속에서 내게 다가오는 더 나은 미래가 보였다면 좋았을 것이다. 두려워하던 수십 년의 후유증을 남기지 않고 라임병은 결국 사라지게 될 거라는 사실을, 시간이 차곡차곡 쌓여 더 이상 꿈들이 두려워지지 않게 된다는 사실을, 그로부터 일 년도 지나기 전에 행복이 아주 오랜만에 나를 찾아올 거라는 사실을 말이다.

나는 폐가 터질 것 같아 두 눈에 호숫물을 가득 담고 수면으로 헤엄쳐 올라왔다.

월든

WALDEN

와추셋산:

별들은 오로지 위안을 위해 쏟아진다

시월 중순, 나는 와추셋산의 푸르른 비탈에 누워 있었다. 몇 시간 전에 엑스터시 한 알을 먹고 참나무 끝 갈라진 잎사귀들 사이로 흐르는 별들을 바라보고 있었다. 나도 헨리처럼 자연 속에서 어떤 초월을 느껴보고 싶었는데 지금까지 걸으면서 아직 느껴보지 못했고 그래서 혹시 약이 도움이 될지도 모른다고 생각했다. 몸이 따뜻했는데 약 때문일 수도 있었지만 날씨가 21도였기 때문일 수도 있었다. 가을에 잘못 찾아온 여름밤이었다. 나무에서 여치가 하나둘 숨을 들이마시고 내쉬며 노래했다. '며칠 전 에테르를 복용하며 사람이 감각에서 얼마나 멀어질 수 있는지 확인했다'고 헨리는 서른네 살 때 약물을 시도했던 경험에 대해 기록했다. '땅 속의 씨앗처럼 확장된다. 겨울의 나무처럼 뿌리 안에 존재한다. 떠나려는 의지가 있다면 에테르를 복용하라. 가장 멀리 있는 별보다 더 멀리 갈 수 있을 것이다.'

나는 그날 아침 와추셋산 정상에서 5킬로미터 정도 떨어진 오듀본Audubon 야생동물 보호구역에서 걷기 시작했다. 안내 센터에서 웃는 상의 도슨트와 제왕나비, 긴꼬리제비나비 등에 대해 이야기를 나누다가 센터 주차장에 차를 하룻밤 내버려두면 어떻게 될지 물었다. 그녀는 차를 밤새 세워놓는 것은 안 된다고 했다.

"그게 그러니까 제가 노을을 보고 싶어서요." 내가 말했다. "그리고 어두워지기 전에 올 수 있을지 확신할 수 없어서요."

"하지만 여기서 밤을 보내실 건 아니잖아요?"

그녀가 고개를 쭉 내밀어 내 어깨에 멘 배낭을 바라보았는데 그 안에는 저녁으로 먹을 서브웨이 샌드위치와 밤을 보낼 침낭이 들어 있었다.

"즐거운 산책 하세요." 그녀가 말했다. "그리고 해 질 녘까지 돌아오지 않으셔도 견인차는 부르지 않도록 할

게요."

자연보호구역 근처의 숲을 관통하는 돌담이 그곳이 한때 농장이었고 숲은 새로 조성된 것이라는 사실을 알려주었다. 바람이 하루 종일 나무 위의 빗방울을 흔들어 떨어뜨렸다. 구름은 머리 위에서 요동치다가 가끔 갈라지며 햇빛을 내보냄으로써 헨리가 커타딘산에서 쓴 글을 떠올리게 했고 동시에 내가 걷고 있는 길 위에 매달린 스키 리프트도 따스히 감싸고 있었다. 발밑은 찢어진 버섯으로 미끌거렸다. 시인 랄프 왈도 에머슨Ralph Waldo Emerson의 말대로 '대지가 꽃으로 웃는 봄'이 두 눈을 위한 계절이라면 여름은 태양으로, 맨발로, 피부의 바닷물로 느끼는 촉각의 계절이며, 가을은 주로 코를 위한 계절이다. 대지에 향기가 낮게 깔린다. 뉴잉글랜드의 가을 숲을 걷는 것은 자연의 목덜미에 코를 들이대는 것이다.

헨리는 매사추세츠 콩코드의 집에서 산 정상까지 친구와 함께 걸었는데 나는 사람들이 사는 곳을 터덜터덜 걷고 싶지 않아 그러지 않았다. 그랬다면 쉰 듯한 목소리를 내며 달리는 자동차 소리만 듣고 헨리가 「와추셋 산책」이라는 에세이에서 언급했던 '밤새 들리던 물의 속삭임과 귀뚜라미의 졸린 호흡'은 듣지 못했을 것이다.

그래도 정상에 주차장이 있을 거라고는 예상했다. 따

라서 나의 경험은 슬프게도 헨리의 경험과 몹시 다를 수 밖에 없었다. '정상에 올랐을 때' 헨리는 '마치 아라비아의 페트라이아Petraea나 동쪽 끝 머나먼 지역으로 여행을 떠나온 것 같은 고립감을 느꼈다'. 정상에서 헨리는 블루베리, 라즈베리, 구즈베리, 스트로베리, 옐로우 릴리, 그리고 '튼튼하고 억센 풀'을 발견했다. 나는 펫샵에서 파는 물고기가 가득한 연못을 발견했는데 시커먼 물속의 물고기가 보는 각도에 따라 아름답게 색이 변하지 않았다면 실망은 더 컸을 것이다. 한 남자가 차에서 내려 감자칩 한 봉지를 들고 연못으로 걸어왔다. 그는 물고기를 보고 연못에 감자칩을 던졌다. 물고기가 감자칩 주위로 몰려들었다.

산의 정상은 '신이 거닐 것 같은 장소였다'고 헨리는 기록했다. '무척 엄숙하고 고독했으며 평지의 모든 오염과도 거리가 멀었다.' 감자칩이 다 떨어졌는지 남자는 연못 위에 봉지를 뒤집어 털었다. 물고기들 위로 부스러기가 떨어졌다.

해가 지면서 매사추세츠와 뉴햄프셔 경계에 있는 북쪽의 모나드녹Monadnock산까지 구름이 분홍색으로 물들었다. 큰 까마귀 두 마리가 하늘 높이 솟아올라 구름 아래서 모습을 뽐냈다. 바람이 남서쪽으로 불어오며 주차장 근처의 기상 관측소에서 휘파람 소리가 들렸다. 나는 코트 주머니에 있는 작은 지퍼락 봉투에서 엑스터시를 꺼내 한 알 삼킨 다음 기상 관측소 전망대 플랫폼에 앉았는데, 한 시간도 지나기 전에 라임병으로 아픈 내 관절에 분홍색 구름이 드리워져 있는 것 같았다. 관절이 따뜻하고 부드러워져 그해 여름 두 번째로 몹시 편안해졌다. '내 몸은 멜로디의 통로이자 오르간이다. 플루트가 음악이 숨 쉬는 통로인 것처럼.' 시월의 어느 날 아침, 꿈에서 깬 헨리가 쓴 글이다.

가슴까지 흰 수염을 기른 남자가 멀지 않은 곳에서 삼각대 위에 망원경을 설치하고 있었다. 나는 유난히 행복한 기분으로 그에게 뭘 찾고 있는 거냐고 물었다.

"매의 개체 수를 셉니다." 그가 말했다.

그는 두 눈이 초록색이었고 광대뼈가 튀어나와 있었으며 이끼색 양모 모자를 쓰고 있었다.

"줄무늬새매가 올해 유난히 많았어요." 내가 말했다.

그가 몸을 앞뒤로 흔들면서 말했다. "줄무늬새매가 많죠."

그리고 자기 일에 대해 설명해 주었는데, 맹금류 철새들이 상승 기류를 타고 기둥처럼 솟아오르는 '케틀kettle'

안의 개체 수를 측정한다고 했다. 새 떼의 상승은 주차장에서 올라오는 뜨거운 공기나, 아직 개간되기 전 야생의 땅이었을 때에는 바위나 호수에서 올라오는 뜨거운 공기 때문에 만들어진다. 매 떼가 날아오른다고 그가 말했다. 매 떼는 높이 솟아올랐다가 상승 기류의 꼭대기에서 다음 기류로 낙하했다. 마치 엘리베이터를 타고 꼭대기까지 올라갔다가 옆 건물로 미끄럼틀을 타고 내려가는 것 같았다. 그리고 다시 솟아올랐다. 매 떼는 이런 식으로 멕시코까지 날아갈 수 있다.

나비의 개체 수도 센다는 그의 말을 듣고 나는 그가 혹시 헨리 데이비드 소로의 환생인지도 모른다고 생각했다.

"오늘 왕나비 스물세 마리를 봤습니다." 그가 말했다.

"나비가 많았어요. 하지만 십 년 전과는 비교할 수 없죠. 그땐 하루에 백 마리도 봤으니까요."

그의 흰 수염이 바람에 흔들렸다. 그는 눈을 가늘게 뜨고 쌍안경을 들었다가 다시 내려놓았다. 그리고 부드러운 이끼색 모자를 긁적였다.

"잠자리도요." 그가 말했다. "잠자리도 셉니다."

우리는 바다처럼 드넓게 펼쳐진 풍경을 나란히 바라보았다.

정상의 화재 감시탑

FIRE TOWER, SUMMIT

'자연은 얼마나 충만하고 여유로운지'라고 헨리도 바로 이곳에 서서 기록했다.

그때 굉장한 회색 콧수염을 기른 남자가 조류 탐험가 뒤쪽에서 나타났다. 그는 앞으로 몸을 기울이더니 나를 향해 말했다. "이분은 모든 걸 세신답니다. 저는 신참이고요."

그가 나를 보며 자신을 소개했다. "폴입니다. 미시간에서 왔고요."

"멀리서 오셨군요." 내가 말했다.

"지금은 여기 살아요. 여자 친구랑." 여자 친구는 여기에서 살다가 가족과 함께 중서부로 이사 가기 전 고등학교 때부터 알았다고 했다. "밴드 수업을 같이 들었죠."

선배 조류 관찰자가 잠시 자리를 옮기자 폴은 미시간의 어퍼 페닌술라Upper Peninsula가 얼마나 경이로운 곳인지 말하기 시작했다. 엑스터시 때문에 집중하기 힘들었지만 듣자 하니 그는 그곳을 그리워하는 것 같았다.

"여기에" 폴이 우리가 함께 딛고 있는 정상의 땅을 가리키며 말했다. "매일 와요. 중독이라도 된 것처럼. 가끔 혼잣말을 하죠. '이럴 시간이 없잖아.' 하지만 그러고 또 와요."

그리고 폴은 집에서 산까지 오는 길을 설명했다. 내가

뭐라고 대답한 것 같지는 않았지만 숱 많은 회색 눈썹 아래 약간 처진 두 눈이 친절해 보인다고 생각했던 것은 기억난다. 무슨 이유에선지 그에게 폴란드 출신이냐고 물었던 것도 같다. 그는 혼란스러운 표정을 짓다가 다시 와추셋까지 오는 길 중 자기가 가장 좋아하는 길에 대해 계속 설명했고 숲의 형태나 고도가 어퍼 페닌술라와 얼마나 다른지에 대해서도 이야기했다. 그는 분명 향수병을 앓고 있었다. 그는 그곳에 서서 찰랑거리는 분홍 구름을 바라보며 지금까지 계속해서 오직 미시건의 디트로이트 이야기만 하고 있었다.

나는 그가 아직 여기 살고 있지 않은 것처럼 곧 매사추세츠도 사랑하게 될 거라고 말해 주었다. 그리고 나는 이제 가야 한다고 말한 다음 전망대를 거닐다가 잠깐 다시 돌아가 조류 관찰자와 폴에게 손을 흔들고 스키 리프트가 올라가 멈추는 곳까지 휘청휘청 걸었다. 커다란 4인용 금속 의자가 바람에 삐걱거렸다. 사람들이 보통 스키를 타고 내려오는 길을 나는 걸어 올라갔다.

그리고 의자에 앉아 가시 많은 호저(산미치광이)가 나무 밑둥에서 기어 나와 느릿느릿 풀을 가르며 노란 꽃을 찾아 먹는 모습을 바라보았다. 헨리는 호저에 대해 '이 뻣뻣한 친구들은 흐트러진 야생에 딱 들어맞는 작은 열매들이다'라고 기록했다.

개 짖는 소리가 들려 돌아보니 한 남자가 검정색과 갈색 반점이 있는 개의 목줄을 끌고 있었다. 개가 호저의 냄새를 맡고 으르렁거리고 있었다. 그의 뒤로 남자아이 두 명이 정상에서 달려 내려와 개 앞을 막아 섰다. 아이들은 열 살이나 열한 살쯤 되어 보였고 각자 막대기를 들고 있었으며 부츠와 양말, 정강이 여기저기에 진흙이 튀어 있었다.

"조심해요." 내가 남자에게 외쳤다. "호저 한 마리가 있어요."

"워 워 워!" 그가 개를 확 잡아당기며 외쳤다.

아이들은 쿵쿵거리며 계속 뛰었다.

"어디요?" 소년 한 명이 내게 물었다.

나는 언덕 아래를 가리켰다. 그들은 기어서 앞으로 가더니 의자 옆의 나무 널빤지 위에 앉았다.

우리 셋은 호저가 풀 뜯는 모습을 바라보았다. 소년 중 한 명은 두 다리를 가슴까지 당기고 두 팔로 지저분한 정강이를 끌어안고 있었다. 아빠 다리로 앉아 있던 다른 한 명은 황홀한 표정이었다.

"호저는 처음이야." 소년 중 한 명이 거의 속삭이듯 말했다.

개가 길게 울부짖었다. 남자는 두 발로 힘있게 버티고 있었다. 아이들은 개가 호저에게 달려 들면 안 되지만 동시에 그럴 수도 있다는 가능성에, 금방이라도 폭력적이고 고통스러운 일이 일어날지도 모른다는 그 가능성에 약간 흥분해 있었던 것 같았다. 긴장감 가득한 순간이었다. 남자는 개의 목줄을 당기고 있었고 호저는 향기에 질펀하게 취해 꽃을 핥고 있었다. 그리고 두 마리 동물 사이에, 어쩌면 개가 아빠의 손길에서 벗어나 달려오길 바라는, 개의 얼굴이 호저의 눈앞에 들이닥칠 때 무슨 일이 벌어질지 보고 싶어 하는 두 소년이 있었다.

아귀가 안 맞는 의자의 금속 팔이 금속 케이블과 삐걱거리는 소리가 긴장을 더했다. 밀리노켓의 기차 경적 소리가 그곳의 고독을 증폭시켰던 것처럼.

"가자!" 아빠가 아이들에게 외쳤다.

한 아이는 벌써 개를 끌고 돌아가고 있는 아빠에게 달려갔다. 나머지 아이는 의자 옆에 조금 더 서 있었다. 그리고 다시 혼잣말을 했다. 그게 아니라면 누구한테 말했겠는가. "호저는 처음이야."

그 아이는 살면서 때때로 그 저녁을 생각할 것이다. 꽃을 따먹는 호저를, 풍경에 가능성을 더하는 그 희귀한 동물을, 저 숲에서 정말로 무엇이든 나올 수 있다는 사실을 말이다. 나는 그 소년이 어떻게 자랄지 잠시 생각해 보았다. 이십여 년 후 소년은 일을 끝내고 운전을 해 집으로 가다가 길에서 호저를 만날지도 모른다. 어쩌면 차를 세우고 호저가 천천히 길을 건너는 모습을 지켜볼 것이다. 어쩌면 처음으로 호저를 보았던 지금 이 순간을, 풀이 웃자란 스키 슬로프의 리프트에 앉아 있던 순간을, 아빠와 형과 개와 함께 산책하던 날을 떠올릴 수도 있을 것이다. 어쩌면 함께 호저를 바라보던 낯선 아저씨를 희미하게 기억할지도 모르겠다. 그 기억을 떠올리면 어린 시절이 문득 강물처럼 밀려들 것이다. 가장 친한 친구와 자주 놀던 길가의 강바닥에 스컹크 캐비지skunk cabbage가 자라고 있었는데 아직도 그 냄새를 맡을 때마다 어린 시절이 떠올라 버리는 나처럼.

지금으로부터 이십 년 후, 소년은 어렸을 때 본 호저에 대해, 태어나서 처음 본 호저에 대해 누군가에게 이야기할지도 모른다. 하지만 어린 시절의 강력했던 기억에는 늘 주저함도 따라오기 때문에 말하지 않을지도 모른다. 기억은 성격을 만든 실제 형태보다 늘 얼마나 더 작고 부드러운가.

그리고 소년은 일어나 아빠와 형과 개를 쫓아 달리기 시작했다.

호저가 슬로프 아래쪽의 숲으로 들어가는 모습을 지켜보며 저 작은 호저 안에도 심장이 있다고 내 마음이 말했다. 어쩌면 밤톨만 할 것이다. 모든 동물의 한가운데에는 심장이 있다. 모든 것의 속살은 보드랍다. '딱 들어맞는 작은 열매'처럼.

해가 진 후에는 별들을 보았다. 따뜻한 공기가 머리 위의 떡갈나무 잎사귀를 흔들었다. 나는 신발을 벗고 두 다리를 침낭 안에 넣었다. 고르지 못한 바닥이 내가 사랑하는 낡은 침대다. 해가 진 후부터 다시 해가 뜰 때까지 시간을 보내기에 가장 안락한 장소는 바로 나를 단단히 싸매고 있는 침낭 안이다. 케이프코드에 다녀온 후 넉 달이 지났고 꿈들은 나를 점점 덜 찾아오고 있었다. 어쩌면 일주일에 한두 번, 그리고 그쯤 되니 꿈들이 그다지 중요한 것 같지도 않았다.

지붕처럼 드리운 떡갈나무 실루엣 사이로 보이는 별들은 분명 어떤 별자리였을 것이다. 헨리와 달리 나는 별자리라고는 북두칠성과 오리온자리밖에 몰랐다. 하지만 휴대 전화에 별자리 앱은 깔려 있었다.

앱을 켜니 처음에는 남십자성이 나타났다. 전화기를 머리 위로 들자 가짜 별들이 화면 가득 나타났다. 나는 가장 밝은 별을 향해 전화기를 들었다.

별들이 선으로 이어져 모양이 만들어졌다. 그 모양 이래 시그너스Cygnus, 라고 적혀 있었다. 백조자리다.

'우연의 일치'라는 말로도 부족한 것 같은 이 운명적인 순간을 어쩌란 말인가? 오직 백조들 아래서만 마음이 편해질 거라는 최면술사의 예언을 어찌할 것인가?

백조의 심장 자리에서 빛나는 데네브Deneb라는 별은 밤하늘에서 가장 빛나는 별 중 하나라고 화면에 적혀 있었다. 태양보다 이백 배나 더 큰 별이라고 한다.

와추셋산에서 잠들기 전, 헨리 또한 고개를 들어 별을 보며 위안을 구했다. '우리의 운명만큼 손이 닿지 않는 높은 곳의 별들이 여전히 우리와 동행하고 있음을 알게 되어 흡족했다. 별들은 분명 인간에게 위안이 되기 위해 주어졌다. 우리 삶이 언제나 바짝 엎드려야 할 운명인지는 알 수 없으나, 별들을 바라보는 것은 허락되며, 마땅히 공정한 운명이 되어야 할 것이다. 우리는 결코 실패하지 않는 법칙을 바라보면서, 그것의 실패를 결코 상상하지 못한다. 그들의 램프는 밤낮을 가리지 않고 탄다. 자연은 몹시 풍부하고 호화로워 이와 같이 넘치는 빛을 제공할 수 있는 것이다.'

헨리는 형이 세상을 떠나고 육 개월 후 와추셋산 정상

에 올라 마치 '위안을 위해 주어진' 것처럼 별들을 바라보았다. 지금 내가 하고 있는 일을 그도 했던 것일까? 깊은 슬픔의 죽은 껍데기를 걸으면서 벗겨내고 있었을까? 이 세상에서 나는 아무것도 아닌 존재라는 사실에 편안함을 느끼기 위해, 비대해진 자아를 몰아내기 위해 밤하늘이라는 그토록 절박한 아름다움의 그늘 아래서 하늘을 올려다보았던 것일까? 상실 혹은 혼란을 멀리서 아주 작게 바라보기 위하여?

언덕에 누워 있는데 약으로 몽롱해진 머릿속에서 이 말이 들렸다. '호저 처음 봐요.' 마치 노래의 후렴구처럼 반복되었다. '호저 처음 봐요.' 그리고 나는 그 호저도 잠이 들었을지, 그랬다면 어떤 꿈을 꾸고 있을지 궁금했다. 그 소년 역시 잠이 들었는지도. 그의 개도, 나의 부모님도, 메리도, 도라도, 그리고 물고기도, 웰플릿의 랜디와 팻도.

그들 모두 꿈속에서 얼마나 이상한 세상을 살고 있을까. 사람은 때때로 고통스럽고 불안하고 희망적이고 사랑에 빠지기도 하지만 모두 철저히 혼자다. 그때 나는 이해했다. 그 순간은 바로 이 세상의 거대한 일부가 오직 상상 속에서만 존재하는 순간이라고. 수많은 동물이 기억과 생각 사이의 그 공간에서 최면에 빠져 있을 것이다.

스키 슬로프에서의 잠

SLEEPING ON THE SKI SLOPE

잠이라고 불리는 시간, 꼭 필요하지만 반드시 홀로 들어가야만 하는 그 어둠의 영토가 얼마나 놀라운 마법인지에 대해 나는 결코 설명할 수 없을 것만 같다.

집으로

시월이 지나면서 햇살은 사라졌다. 새들은 풍경 속을 떠났다. 잎사귀는 옷을 갈아 입은 다음 바삭해졌고 멀리 날아갔다가 다시 내 집 앞에 모였다. 쇠오리가 도착했다. 여우가 땅끝 삼나무 숲 안에 굴을 만들었다. 태풍이 왔다 갔다. 갈매기는 습지 위를 날아다니며 자리를 지켰다. 첫눈이 굿게 내렸다. 나는 집안일을 했다. 매일 밤 불을 지폈다. 부모님과 함께 저녁을 먹었다.

헨리 데이비드 소로는 와추셋 에세이의 결론에서 걷기에 다음과 같은 의미를 부여했다. '하지만 아무리 지친 여행자에게도 주어지는 위안이 있으니, 그의 발이 닫는 그 먼지투성이 길이 인간의 삶에 대한 완벽한 상징이라는 것이다. 언덕을 오르고 계곡으로 내려온다. 정상에서 하늘과 수평선을 눈에 담고 계곡에서 다시 높은 곳을 올려다본다. 그는 오래된 교훈을 딛고 가만히 서 있으며, 아무리 지치고 힘든 여행이라 하더라도 그것은 진실한 경험일 것이다.'

그리고 와추셋에 가져갔던 노트의 마지막 페이지에 적어놓은 나의 결론은 이것이다. '신의 존재는 확신할 수 없지만 우리가 사랑의 그물에 걸려 있다는 신성한 느낌으로는 확신할 수 있을 것이다.'

저 문장은 틀림없이 약발이 최고조에 달했을 때 썼을 것이다. 머리 위에서 백조 무리를 보고 별들이 나에게 말을 건다고 생각했던 직후였다. 얼마나 허풍을 떨었는지 부끄럽지만 지금 다시 읽으면 읽을수록 저 문장 안에 담겨 있는 증거가 보인다.

말하자면 이렇다. 황혼의 소나무 숲을 걷다가 만난 친절한 커플이 호수를 건너게 해 주고 저녁을 차려주고 아침에 커피도 내려주고 남은 여정에 행운도 빌어준다. 그리고 또 걷다가 비에 흠뻑 젖어 바에 들어갔는데 수수께끼 같은 백만장자가 저녁을 사준다. 밀리노켓의 한 남자

백조자리

CYGNUS

는 나를 위해 알람 시계를 맞춰준다. 와추셋산의 초보 매 관찰자는 중서부 지방에 대한 향수병을 털어놓고 삶의 후반부에 새로 찾은 사랑에 대해 이야기한다. 헨리가 자신과 자연을 이어주는 혈관을 찾아 길을 나섰다면 나는 꿈을 털어버리기 위해 길을 나섰다. 하지만 털어버리기는커녕 더 많이 얻었다. 더 많은 사람과 더 많은 풍경과 더 많은 별을 찾았다. 높은 파도가 내 삶을 보듬는 것 같은 엄청난 행운이었다.

'그 빛을 넘치게 내어주는 자연은 얼마나 풍요롭고 너그러운가'라고 나는 푸른 하늘을 올려다볼 때마다, 그리고 그 뒤의 별들을 떠올릴 때마다 생각한다. 태양이 사라지고 어둠이 죽음처럼 다가와 낮을 한입에 삼키면, 그제야 별들이 모습을 드러낸다. 오직 어둠 속에서만, 별들은 보인다.

아주 어렸을 때 밤마다 '거칠고 부드러운'이라고 이름 붙일 수 있는 꿈을 반복해서 꾸었던 기억이 난다. 모든 존재, 모든 만족과 불만족, 모든 사건이 이런 식으로 상징이 되었다. 지금 나는 어쩌면 치명적이고 거친 표면 위에서 뒤척이며 금방이라도 삶이 끝장나버릴 것 같지만, 꿈속에서도 나는 그것이 나의 고통에 대한 상징일 뿐임을 알고 있었다. 그리고 나는 다시 갑자기 여름 바다 같은, 고운 거미줄이나 솜털 같은 보드라운 천 위에 누워 있으며 이 삶은 호사스럽기 그지없다. 꿈에서 깨어나는 경험은 언제나 거침과 부드러움의 교대나 마찬가지였다.

헨리 데이비드 소로, 1857년 1월 7일의 일기

2부에 앞서

한동안, 아니 몇 주 동안 나는 우리가 어떻게 만났는지 쓰려고 노력했는데 도저히 써지지가 않았다. 너무 평범하거나 그냥 사실만 늘어놓는 느낌이었다. 게다가 제니가 자신의 책 『조금 이상한Little Weirds』에서 더 잘 써놓기도 했다.

'나는 친구와 친구 애인과 저 멀리 북극까지 올라갔다가 친구 애인의 또 다른 친구를 만났다. 그는 짙은 머리칼에 키가 컸는데 그와 이야기하는 건 즐거웠지만 몇 가지 이유로 그와 눈을 마주칠 수 없었다. 그는 애플파이를 만들었고 닭을 구웠고 운전을 했고 나에게 작고 푸른 꽃 그림을 그려주었으며 내가 별로 좋아하지 않는다는 걸 알면서도 저 말을 보라면서 자꾸 내 이름을 불렀다. 그리고 꿈속에서 들었다는 시의 구절들을 읊어주었다.'

노르웨이에 도착하기 며칠 전 꿈에서 들은 시였다. 꿈에서 나는 운하 옆에 서 있던 한 여자를 만났다. '우리 친구들이 우리를 위해 기도하네'가 시의 마지막 구절이었다. 푸른 꽃은 피오르를 하이킹하다가 꺾어 숙소 식탁 위 작은 유리병에 꽂아 놓은 블루벨이었다.

우리가 노르웨이에 갔던 이유는 제니의 친구 레베카가 노르웨이 북극권이 배경인 시나리오를 썼기 때문이다(레베카의 애인이 바로 내 친구 존이었다). 그리고 코미디언이자 작가, 배우인 제니가 그 영화의 주인공이었다. 그들은 영화에 대해 이야기하고, 우뚝 솟은 섬들이 아름다운 사선으로 바다까지 신비롭게 이어지는 그 황홀한 곳에 답사하기 위해 간 것이었고 나는 존에게 초대받아 나타난 것이었다.

사실 몇 년 전에도 제니와 인사를 할 기회가 있긴 했다. 제니가 브루클린에 있는 아파트에서 새해 전야 파티를 열었을 때 나 역시 친구의 친구를 따라 그 파티에 갔다. 나는 제니의 집 거실 한가운데서 맥주를 들고 우두커니 서 있다가 고개를 돌렸는데 그때 내 어깨 바로 앞에 제니가 마침 아무하고도 이야기하지 않고 혼자 서 있었다. 제니가 그때 막 <새터데이 나잇 라이브Saturday Night Live>에 출연했기에 금방 알아볼 수 있었다. 나는 마치 누가 따뜻한 손으로 내 어깨를 지그시 누르는 것처럼 제니에게 이끌렸다. 인사를 하고 싶었지만 참았다. 제니를 귀찮게 하고 싶지 않아 바로 뒤돌아 파티에서 빠져나온 다음 길거리에서 친구들과 눈싸움을 했다.

제니가 먼저 노르웨이를 떠났고 나는 친구들, 그러니까 한 쌍의 연인에게 그들만의 시간을 주기 위해 주변 피오르를 혼자 올랐다. 나는 우리가 머무르고 있는 작은 오두막보다 훨씬 높은 곳의 가파른 풀밭에 앉아 내륙으로 깊숙이 파인 피오르 지형에 넓게 흩어져 있는 양 떼를 바라보며, 말도 안 되지만 제니를, 겨우 삼 일을 함께 보낸 것뿐인 낯선 사람을 그리워하고 있었다. 마치 오랜 친구인 듯, 어쩌면 향수병인 듯 나는 제니가 보고 싶었다. 하지만 잘 알지도 못하는 사람을 보고 싶어 하는 게 얼마나 바보 같은 짓인지 생각하며 노르웨이 작은 집의 조용한 부엌에서 이미 한참 전에 끓은 찻주전자를 멍하니 바라보았다. 창밖의 바다가 없어진 듯 아주 중요한 무언가가 갑자기 사라져버린 느낌이었다. 오두막에는 한 명이 더 있어야 했다. 세 사람이 아니라 네 사람이어야 했다.

제니가 떠난 후 나 역시 북극에서 내려와 일 년 동안 살고 있던 암스테르담으로 돌아왔다. 한 네덜란드 친구가 해가 길었던 북극은 어땠는지 물었다. 나는 마치 산 정상에 올라 신들을 만난 것 같다고 대답했는데, 내 입에서 그런 대답이 나왔다니 나조차 신기했다.

"조심해." 친구가 말했다.

우리는 그 친구가 가장 좋아하는 레스토랑 야외석에 앉아 있었다. 근처의 운하에서 반사되는 빛이 암스테르담에서 종종 느끼던 감각을 또다시 선사했는데, 바로 어디에나 태양이 있다는 느낌이었다. 나는 기분이 날아갈 듯 가벼웠고 한 잔을 더 주문할 생각으로 맥주를 홀짝이고 있었다.

"조심하라고?" 내가 물었다.

"인간이 신을 보면 무슨 일이 일어나는지 알잖아?" 그가 말했다.

"무슨 일?"

"월계수로 변해." 그가 이죽거리며 말했다. "아니면 연못."

노르웨이에서 제니를 만난 후 일 년여 동안, 나는 매

노르웨이의 양 세 마리

THREE SHEEP, NORWAY

사추세츠로 돌아왔고 제니와 계속 연락을 주고받았다. 제니는 우리 집에서 만을 건너면 보이는 마사스 빈야드Martha's Vineyard섬의 부모님 집에서 책 집필을 마무리하고 있었는데 그곳은 당일 오후에 잠깐 만나러 갈 수 있을 정도로 가까웠다. 어느 가을날, 나는 차를 몰고 우즈 홀Woods Hole로 가서 페리를 탔다.

바다 건너 해수면에 단색 옷을 입고 제니가 서 있었는데 겉으로는 한 가지 색을, 내면에서는 모든 색을 원한다고 말한 사람다운 차림이었다. 우리는 식료품점에 들렀다가 묘지를 걸으며 대부분의 관계가 나쁘게 끝난다는 사실에 동의했다. 해변을 걸으며 우리는 좋은 친구가 될 거라고도 말했다. 그리고 수영복 차림으로 수영하기엔 너무 추운 바다로 걸어 들어갔다. 우리가 만약 며칠만 더 늦게 만났다면 기회를 놓쳤을 거라고 나는 생각했다.

겨울이 왔다. 나는 제니를 보러 캘리포니아에 갔다가 아예 눌러 앉았다. 제니의 정원에는 꽃향기를 내뿜는 레몬 나무가 있었다. 오래된 나무 헛간을 내 그림 작업실로 만들었는데 그곳으로 가는 길에 각종 귤나무와 오렌지 나무들이 있었다. 때가 잘 맞으면 나는 과일을 따서 위스콘신에 있는 형에게 전화해 지금 일월인데 내가 방금 귤

나무에서 귤을 하나 따서 먹고 있다고, 남부 캘리포니아는 생각했던 것과 완전히 다른 곳이라고, 차가 막히고 날씨는 지독히 덥기만 하다고 들었는데 그게 아니었다고 말했다. "여기는 진짜 진짜 진짜로 좋아." 나는 형에게 말했다. 제니와 나는 매일 아침 정원 구석에서 커피를 마시며 목이 붉은 벌새가 꽃을 핥는 모습을 바라보았다. 모든 것에서 감귤 향이 나는 것 같았다. 벌새는 창문 옆에 둥지를 지었고 초록색 강낭콩처럼 작은 알들을 낳았다. 멕시칸 민트 메리골드가 피었고 밤에 현관문을 열면 솜사탕 같은 향기가 났다.

그로부터 반년 후인 팔월, 나는 제니와 함께 프랑스 남부에 사시는 내 큰할머니를 뵈러 갔다. 우리는 그때의 그 연인들, 그러니까 피오르에 있는 남작의 영지에서 열릴 존과 레베카의 결혼식에 참석하기 위해 노르웨이에 가 있었다. 제니와 내가 연인이 되어 다시 찾은 노르웨이의 결혼식은 마치 계절처럼 한 바퀴를 돌아 제자리로 돌아온 느낌을 주었다.

프로방스에서의 어느 날, 큰할머니와 포도 덩굴 아래서 점심을 먹고 난 후 제니와 나는 생 레미 시장에서 피크닉에 필요한 음식을 사고 로마 수로교 아래서 수영을 한 다음 큰할머니가 한때 수년 동안 사셨던 돌집으로 차를 몰았다. 11세기에 지어진 성곽 비탈길에 있는 작은 마을이었다. 우리는 타는 듯 붉은 부겐빌리아가 아치처럼 드리우고 있는 구불구불한 돌길을 걸어 언덕 꼭대기의 성으로 올라갔다. 그리고 성문 앞에 서서 검은 염소와 흰 염소가 절벽을 따라 나란히 걷는 모습을 지켜보았다. "좋은 징조야." 제니가 말했고 우리는 성문을 통과해 성 안으로 들어갔다.

우리는 아치에서 이어져 내려오는 돌계단에 올리브와 치즈와 빵과 와인 한 병을 펼쳐놓았다. 마을의 분홍색과 오렌지색 지붕들 위로, 어느 노동자가 수 세기 전에 쌓은 우리 등 뒤의 돌무더기 위로 태양이 드리우고 있었다. 복숭아빛이 된 성벽은 따뜻한 기운을 내뿜었다. 나는 우리 집 뒤편 숲에서 오크나무 가지를 잘라 만들어 몰래 숨겨온 상자를 피크닉 바구니에서 꺼냈다. 증조할머니의 반지가 들어 있었다. 제니는 내가 상자를 들고 있는 줄도 몰라서 나는 그녀가 볼 때까지 손에 상자를 가만히 들고 있었다.

이 이야기를 하는 이유는 이 책의 후반부가 내가 와추셋산에서 백조자리를 보고 나서 몇 년이 지난 후 쓰였다는 말을 하기 위해서다. 많은 것이 변했다. 나는 약혼을 했다. 케이프코드로 차를 몰고 가던 아침 내가 느꼈던 불안과 갇혀 있던 것 같은 괴로움은 이제 추억이 되었고 이 감정들은 모두 사라진 채 마음속 어딘가에 깊이 숨어 있다.

처음에 나는 머리를 식히기 위해, 내게 할 일을 주어 일상의 무게에서 달아나기 위해 걸었다. 다른 사람들은 체육관에 가거나 마라톤을 뛰거나 전국 자동차 일주를 떠났을 것이다. 그리고 몇 년이 지났지만 나는 여전히 헨리 데이비드 소로를 읽고 있었고 아직도 그의 뒤를 따르고 싶다고 느꼈다.

이 책의 후반부를 쓰기 시작했을 때, 제니는 내 삶의 일부가 되어 있었고 집을 빨리 떠나고 싶다는 생각은 별로 들지 않았다. 하지만 내가 헨리의 일기를 읽으며 배운 것이 하나 있다면, 계절과 기분에 상관없이 집 밖으로 나서면 늘 무언가를 얻는다는 것이다. 그의 뒤를 계속 따르면 무엇이든 깨달을 것이다. 그래서 나는 읽었던 책 중에서 세 개의 여정을 골랐다. 우선 집에서 사우스웨스트까지 갈 것이다. 헨리가 여행했던 메인주의 북쪽 끝까지 배를 타고 갈 것이다. 그리고 케이프코드에 다시 한번. 처음에 그의 길을 따라 걸었을 때 내 삶은 겨울이었고 지금은, 말하자면 여름을 앞둔 봄인 것 같다.

내가 쓴 커타딘산 원고를 최근에 다시 읽다가 내가 쓴

구절에 놀랐다. '전나무들의 기억을 내 생각과 기꺼이 바꾸고 싶었다. 눈, 얼음, 태양.'

내가 빌었던 그 소원을 네덜란드 친구가 예언으로 바꾸어 내가 나무가 된 것일까? 나는 말하자면 노르웨이 북극권에서 아내가 될 사람을 만나 이곳으로 내려왔다. 그녀가 내 불안한 생각을 더 부드럽고 깨끗하고 원초적인, 나무 위에 사는 어떤 것으로 만들어 주었을까? 그리고 신을 만난다는 것은 곧 자신을 버리고 새로운 형태가 되는 것, 태양을 마시며 수 세기 동안 천천히 살아가는 침묵의 형태가 되는 것일까? 초라한 인간에서 벗어나 신의 형상을 취할 수만 있다면, 그리고 그 결과 매년 봄 다시 자라날 수 있다면 얼마나 행운이겠는가.

메리골드

MARIGOLDS

2부

나는 하루의 경험을 그다음 날 글로 남기는 일에 어떤 장점이 있음을 알게 되었다. 그만큼의 거리에서 더 이상적인 글을 쓸 수 있다. 마치 머리를 거꾸로 하고 바라보는 풍경이나 물에 비친 모습의 반영처럼 말이다.

헨리 데이비드 소로, 1854년 4월 20일의 일기

사우스웨스트:

존재하지 않는 것을 찾아 떠난 순례자

헨리는 자신의 에세이 「산책」에서 이렇게 말했다. '산책에 나설 때, 어디로 발을 옮겨야 할지 아직 확실치 않은 채 본능이 나를 이끌도록 굴복하면, 낯설고 엉뚱해 보일지 모르겠지만 나는 결국, 그리고 필연적으로 남서쪽으로 걷게 된다. 그 방향의 특정한 숲이나 초원, 버려진 목초지, 혹은 언덕으로. …나에게 미래는 그 방향으로 펼쳐져 있고 땅은 그쪽이 더 생기 있고 풍요로워 보인다.'

그래서 이 팬데믹의 해 7월 4일, 나는 제니와 여름과 가을을 함께 보냈던 매사추세츠의 집을 나서 남서쪽으로 걷기 시작했다. 그 집은 내가 자랐던 집이자 부모님이 집 옆으로 흐르는 넓은 강의 반대편 쪽으로 이사를 가면서 비어 있게 된 곳이었다. 우리 집은 반도의 끄트머리에 있었고 남서쪽으로 향하는 다른 해안선이 북쪽으로 16킬로미터 올라간 강 상류 지점에서 이쪽과 만난다. 말인즉슨, 내가 헨리처럼 남서쪽으로 걷고 싶다면 이른 아침의 수영으로 그 여정을 시작해야 한다는 뜻이었다.

나는 제니와 함께 커피를 마신 다음, 피넛버터 젤리 샌드위치, 초콜렛칩 쿠키 두 개, 물 한 병, 전화기, 20달러 지폐 한 장, 마스크 하나, 펜 세 개, 그리고 쓰레기봉투 두 장을 배낭에 챙겨 넣었다. 제니에게 작별 인사를 하고 내가 해 본 일 중 가장 만족스러웠던, 너무 구식이어서 생각조차 해 보지 않았던 일을 했는데, 바로 집에서 멀리 있는 목적지를 향해 걷기 시작한 것이다. 지금까지 왜 한 번도 해 보지 않았던 걸까? 나는 집 앞 잔디를 걷다가 제니에게 한 번 더 인사를 하려고 고개를 돌리며 내 앞에 놓여 있는 긴 여정에 대해 생각했다. 다시 말하자면, 나는 평생 처음으로 주차장이 아닌 다른 곳을 통해 집 밖으로 나선 것이었다.

길은 매사추세츠 남서부 가장자리를 따라 로드 아일

랜드로 넘어간 다음 남쪽 끝 사코넷 포인트Sakonnet Point까지 25킬로미터의 여정으로 나를 이끌 것이다. 사코넷 포인트 역시 삼면이 바다인 반도이므로 자연스럽게 목적지가 될 것이다. 하지만 그곳은 또 간단히 말하자면 시카고에서 온 나의 고조할아버지와 고조할머니가 여름을 보내던 곳이기도 했다. 두 분의 아들이자 나의 증조할아버지 더마레스트는 시카고를 아예 떠나 제니와 내가 지금 살고 있는 땅을 구입했다. 나는 내 가족의 뉴잉글랜드 원점으로 가고 있는 것이다. '미래가 그쪽으로 펼쳐져 있어서' 남서쪽으로 걸었던 헨리와 달리 나는 과거를 직면하기 위해 남서쪽으로 걸었다.

현관에서 삼백 미터 떨어진 곳에 수백 년 동안 우리 가족이 키운 개들이 수수한 묘비 아래 묻혀 있는 묘지가 있었고 그곳을 지나자 강이 나타났다. 나는 음식, 돈, 전화기, 신발을 쓰레기봉투에 넣고 물속으로 들어갔다.

여기서는 한 번도 수영해 본 적이 없었는데 그 이유는 약 이십여 년 전에 한 소녀가 물에 빠져 죽는 것을 본 곳으로 기억하기 때문이다. 나는 열네 살이었고 집에 혼자 있었는데 근처에 살던 숙모가 강에서 달려와 아이 둘이 수영을 하다가 그중 하나가 물에 빠졌다고 외치는 소리를 들었다고 했다. 나는 삼촌과 함께 강가로 달려가 삼촌의 배에 올라탔다. 그리고 한참이나 물속을 보고 있는데 구조대가 우리에게 손을 흔들었다. 삼촌이 배를 몰고 그쪽으로 갔다. 나는 보트의 난간에 기대 서 있었다. 여자애의 몸이 한여름의 초록색 물 사이로 흐릿하게 보였다. 얼굴은 잠수부의 어깨에 걸쳐져 있었다. 수영복에 해초가 매달려 있었다. 나이는 나와 비슷하거나 한두 살 많아 보였다. 잠수부가 여자애를 내 발치에 눕히고 자기도 갑판으로 올라왔다. 그리고 마스크와 산소 탱크를 벗은 다음 아이에게 바짝 붙어 심폐 소생술을 했다. 그러다 멈췄다.

강을 반쯤 건너는 동안 머릿속은 온통 그 여자아이 생각뿐이었는데 어떻게 나는 그 여자애에 대해 아무것도 몰랐을까. 심지어 이름조차. 하지만 그 얼굴과 수영복에 달라붙은 해초와 보트의 난간을 세게 치던 늘어진 팔은 선명히 기억난다.

겨드랑이와 가슴이 따끔한 걸 보니 물속에서 해파리를 만난 것이 틀림없었다.

강을 건너 반대편으로 넘어와 남서쪽으로 계속 걸었다. 구름이 북쪽에서 불어오는 가을바람을 타고 진홍색 태양을 머금은 바다를 지나 남쪽으로 내려가고 있었다.

나는 비 오는 봄밤에 꿀벌처럼 작은 개구리들이 나타나는 풀숲을 따라 걸었다. 아빠와 오리를 사냥했던 연못을 지났다. 어렸을 때 엄마와 함께 따던 야생 헤이즐넛 덤불을 지났다. 그 기억은 내 안에 조용히 각인된 채 까맣게 잊혀져 있었는데 어느 날 그곳을 지나다가 길가에 떨어져 있던 개암나무 껍질을 보고 갑자기 엄마가 생각나면서 모든 기억도 함께 떠올랐다. 물떼새를 지나고 멧종다리, 도요새, 개똥지빠귀, 갈색머리멧새, 제비갈매기, 오리 떼도 지났다. 바람에 흔들리는 그 모습을 도저히 싫어할 수 없는 두터운 갈대숲, 서로 부딪혀 바스락거리는 이파리들의 소리. 가느다란 갈댓잎이 휘지만 부러지지는 않게 가벼운 자태로 앉아 있는 붉은어깨검정새도 지났다.

모래 언덕 옆에서 몸을 숙여 동쪽을 바라보고 있는 떡갈나무는 짠바람에 몸이 꺾여 나보다 키는 작았지만 너비는 세 배나 더 넓었는데 한 세기 넘게 그런 모습으로 휘어져 있었을 것이다. 떡갈나무 끄트머리의 잎사귀들은 자동차 금속처럼 반짝이는 다른 초록 잎들과 달리 진홍색 잎사귀를 뽐내고 있었다. 부엉이가 먹고 뱉어놓은 동물의 뼈대를 지나고 해당화 향기를 스쳤다. 할머니와

바람에 굽은 떡갈나무

THE WIND-BENT OAK TREE

엄마, 그리고 내가 각자 어린 시절을 보냈던 해변을 향해, 증조할아버지가 1900년대 초에 구입했던 농장 근처의 바닷가를 향해 걸었다. 썰물이 해초나 돌조각의 미세한 입자를 모래 위에 남겨 저 멀리 있는 산의 윤곽을 그려낸 것 같았다.

내가 그 어느 곳보다 더 잘 아는 곳이 바로 이 해변이다. 오른쪽 모래 언덕에는 내가 여섯 살인가 일곱 살 때 섹스하는 두 사람을 훔쳐본 풀숲이 있다. 바다가 깊이 들어온 작은 만은 몇 년 전 팔월의 어느 날 밤, 내 친구와 그의 약혼자가 빛을 내는 생물을 보기 위해 얕은 곳에서 물장구치던 모습을 지켜봤던 곳이다. 그리고 매일 아침 할머니가 해안가로 밀려온 쓰레기를 줍던 곳이기도 하다.

해변은 변한다. 어느 커플의 섹스를 훔쳐보았던 모래 언덕은 모양이 변했다가 1991년 허리케인 밥이 왔을 때 하루만에 깡그리 사라져버렸다. 친구는 약혼자와 파혼을 하더니 최근에 자기 슬픔을 뱃속에 담긴 '차가운 화학물질'이라고 표현했다. 할머니는 내가 고등학생일 때 돌아가셨고 이제 할머니의 큰아들이자 칠십 대에 접어든 나의 큰아버지가 매일 아침 해변에서 쓰레기를 줍는다.

지금 이 글을 쓰다 보니 작가 애니 딜라드Annie Dillard가

『한동안For the time Being』에서 모래에 대해 말했던 부분이 떠오른다. 해변의 모래는 내가 생각했던 것과 달리 해저에서 올라온 것이 아니라고 한다. 종종 바다에서 멀리 떨어진 곳에서 오기도 한다고. 이끼와 얼음, 소금의 결정이 돌을 깎아낸다고. 빙하가 바위를 아주 잘게 간다고. 그리고 마른 바윗덩이의 가루가 바람에 날려 바다 쪽으로 실려 온다고. 그런 육지의 제분소에서 만들어진 모래가, 깃털처럼 가볍지만 산도 만드는 모래가 담수에, 빗물에, 개울에, 그리고 다시 강물에 실려 마침내 바다로 오게 된다고. 그래서 다시 조류와 파도를 타고 해안가로 밀려 온다고 말이다. 내가 걷고 있는 모래는 수백 킬로미터 떨어진 산에서, 수천 년 전에 자신의 여정을 시작해 이곳에 도착한 것일 수도 있다. 그리고 눈에 보이는 것처럼 단순한 것은 아무것도 없으며, 어쩌면 보이는 게 전부인 것은 이 세상에 하나도 없으며, 보통은 훨씬 오래된 것들일지도 모른다. 이 땅 자체가 바람에 실려 이곳에 자리 잡게 된 것인지도 모르고.

나는 해변 끄트머리에서 육지로 깊숙이 들어온 만 입구에 도착했다. 노트와 신발을 쓰레기봉투에 넣고 해파리가 썰물에 멀리 밀려 나가 있길 바라며 그날 아침 벌써 두 번째로 바다로 걸어 들어갔다.

몇 시간이 지났다. 염습지를 지나고 긴 해변을 따라 걷다가 한 남자에게 돈을 주고 빌린 그의 모터 보트로 헤엄칠 수 없는 너른 바다를 건넌 후 로드 아일랜드 경계에 있는 해변가 마을을 통과하고 있었다. 하얀 울타리 담장 안에 세월의 흔적이 느껴지는 지붕을 얹은 큼직한 집들이 자리한 동네였다. 담장 안의 정원에 깃대가 우뚝 솟아 있었다. 현관문 주변 울타리 곁에는 수국이 탐스럽게 피었다. 벽돌을 깔아 만든 앞마당 길 양쪽으로 회양목이 나란히 심어져 있었다. 나는 둥근 탑과 발코니가 있는 집 건너편에 잠시 멈춰 대가족이 7월 4일 독립 기념일을 축하하기 위해 앞마당에 모여 있는 모습을 바라보았다.

'가장 멋진 앞뜰 울타리도 내게는 선뜻 연구할 대상이 아니다'라고 헨리는 말했다. '가장 정교한 장식품, 도토리 모양 상판 같은 것들은 금방 나를 역겹고 지치게 만든다. 네 기둥을 늪 가장자리에 맞춰 집을 지어보라.'

갑자기 거리에서 악대의 양철 부딪히는 소리가 들려오기 시작했고 성조기와 화려한 깃발로 장식한 고동색 밴 한 대가 기울어질 듯 모퉁이에서 나타났다. 가면을 쓴 남자 두 명이 선루프로 몸을 내밀고 바람에 정신없이 휘날리는 깃발을 애써 정리하며 흔들고 있었다. 지붕에 매달아 놓은 확성기에서 열정적인 호른을 필두로 정신없

7월 4일

THE FOURTH OF JULY

는 악기 소리가 쏟아져 나왔다.

나는 너무 오래되어 초록색과 오렌지색 이끼에 거의 뒤덮여 있는 돌담에 앉아 다가오는 밴을 바라보았다.

저 남자들은 자동차 지붕 위에서 가면을 쓰고 깃발을 흔드는 행위의 폭력적인 저의를 인식하지 못하는 것일까? 둥근 탑이 있는 집에서 소년 한 명이 거리로 달려 나와 두 손을 들고 미국을 위해 함성을 질렀다. '두세 시간의 산책이 내가 기대하지조차 못했던 낯선 나라로 나를 데려다줄 것이다'라고 헨리는 언젠가 말하기도 했다.

밴은 올 때처럼 재빨리 지나갔고 나는 누군가의 잔디밭을 지나며 작은 마을을 계속 걷다가 해안으로 내려가 오른쪽으로 꺾은 다음, 사유지와 공유지가 번갈아 나타나는 해변을 오래 걸었다. 더 사람이 없는 사유지에는 멤버십이 없으면 들어오지 말라는 표지판이 커다랗게 세워져 있었지만 그곳의 모래와 물은 공유지와 다를 게 하나도 없었다.

점심을 먹기 전, 모래성 주위로 동그랗게 모여 모래를 한 주먹씩 던지고 있는 아이들 무리를 지났다. 남자아이들과 여자아이 하나였는데 게를 잡아 모래성 안에 넣어 놓았다는 말이 들렸다.

"돌을 던져볼까?" 가장 키가 큰, 그러니까 가장 나이가 많을 것 같은 소년이 물었다.

돌아보니 그는 이미 손에 커다란 돌을 들고 있었다.

"던져?" 그가 이번에는 모래성 위로 돌을 치켜들며 말했다.

나는 계속 걸었다.

"폭탄이다!" 그가 외치는 소리가 들렸다.

잠시 후 작은 소녀가 나를 지나쳐 조용히 그 무리에서 달아났다. 더 작은, 무리 중 가장 어려 보였던 두 소년도 뒤따랐다.

"우리 아무한테도 말하지 말자." 한 명이 내 곁을 지나가며 말했다.

"안 해." 다른 한 명이 대답했다.

소년들은 빠른 걸음으로 가족이 깔아놓은 돗자리 쪽으로 갔다. 어쩌면 처음으로 유혹과 흥분의 긴장을, 죄책감을, 더 작고 약한 것에게 휘두를 수 있는 힘을 느꼈을 것이다. 무언가를 죽였거나 죽이는 행위의 일부가 되어서 말이다. 사라지지 않는 불편한 마음을 어떻게 이해해야 할지 모른 채 한 소년의 말대로 그저 그 기억을 무시하려고 애썼을 것이다. 악의 있는 아이들은 아니었을 거라고 그 당시 생각했다. 아이들이 흔히 할 수 있는 일이

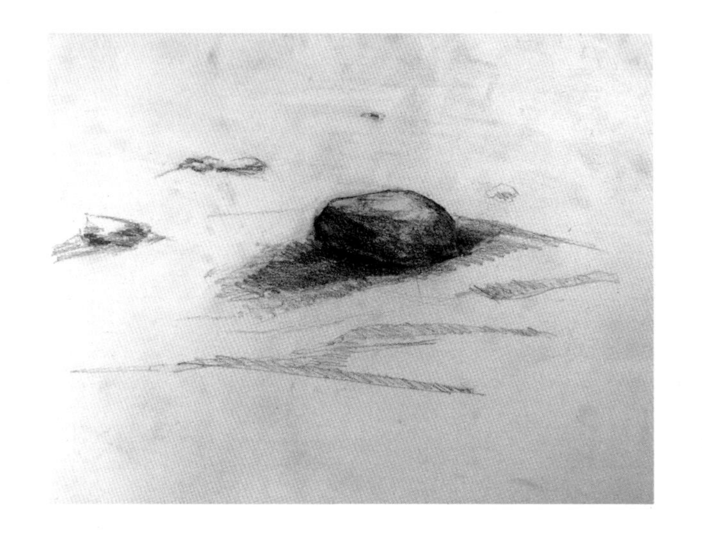

해변의 돌

A STONE ON THE BEACH

다. 게가 돌에 짓눌리는 모습을 내려다보기 위해 모여 있던 평범한 소년들 중 두 명일 뿐이었다. 그들은 평범한 청년들이 될 것이고, 사회적이거나 문화적인, 혹은 정치적인 다른 방식의 약탈을 목격할 것이고 이를 막기 위해 아무 일도 하지 않을 것이다. 그렇다면 키가 가장 컸던 소년은? 게를 죽일 만큼 크지만 자기가 들 수 있는 만큼 작은 돌을 직접 가서 골라 온 그 소년은? 돌을 이미 손에 들고 결국 죽일 생각이지만 마지막으로 질문을 통해 집단의 동의를 구했던 그 소년은? 그는 어떤 어른이 될까? 그에게는 무엇이 필요했을까?

나도 어렸을 때 작은 물고기나 게들을 죽였다. 요즘 나는 말벌이나 거미, 딱정벌레도 죽이고 싶지 않아 집 안에서 벌레를 발견하면 종이와 물컵을 가져와 담은 다음 바깥으로 내보낸다. 제니는 그 행동이 사랑스럽다고 하지만 내가 전적으로 벌레들을 생각해서 그러는 것은 아니다. 어렸을 때 내가 짓이겼던 벌레들에 대한 죄책감을 갚기 위해서다. 지난여름, 나는 꼬마 당근만 한 말벌을 잡으려고 잠자리채를 들고 집 안을 뛰어다녔는데 그 거대함이 무섭기도 했지만 말벌의 죽음에 대한 책임감이 더 두려웠다. 우리는 온라인에서 말벌에 대해 찾아보았다. 말벌은 매미 사냥꾼이라고 불리며 거의 5센티미터까지 자라는데 그놈은 말벌 중에서도 '젠틀 자이언트'라고 불리는 종이었다. 그때 내가 만약 젠틀 자이언트를 죽였다면 어떤 감정을 느꼈을까? 나는 내가 죽였던 작은 동물들을 위해 아주 오랫동안 회개하고 있는 것 같다.

해변을 따라 더 걷다가 조개를 줍는 여자아이를 보았는데 그 아이는 주운 조개를 하나씩 손바닥에 올려놓고 바구니에 넣을지 말지 몇 분간 고심하며 수집품을 신중하게 큐레이팅하고 있었다.

나는 어느 사유지의 모래 언덕에서 피넛버터 젤리 샌드위치를 먹고 가려고 잠시 걸음을 멈췄다. 바닷가 쪽에서 한 여자가 옆으로 재주를 넘을 수 있다고 남편에게 말하고 있었다. 그는 못할 거라고 대꾸했다.

그녀는 헐렁한 분홍색 모자를 쓰고 수영복 위에 반바지를 입고 있었다. 남자는 해변에 어울린다기보다 골프 시합에 나갈 사람의 차림이었다. 여자가 정말 할 수 있다고 다시 한번 말했다. 남자는 웃으며 고개를 저었다. 여자가 모자를 벗어 남자에게 들고 있으라고 건넸다. 그리고 체조 선수처럼 두 발을 모으고 양손을 옆으로 뻗었다.

남자가 여자 앞으로 지나가며 기다렸다. 무엇을? 여자의 실패를? 성공을?

나도 잠시 샌드위치를 내려놓았다. 그리고 여자를 바라보았다.

여자는 두 팔을 머리 위로 들고 숨을 한 번 들이켰다. 한 걸음 내딛고 지면을 향해 몸을 기울이더니 몹시 찌그러진 형태의, 다리도 곧지 않고 몸도 기울어진 재주넘기를 했다. 그래도 거꾸로 섰다가 다시 제자리로 돌아오긴 했다. 여자는 의기양양한 표정으로 웃으며 똑바로 섰다.

나는 박수를 치고 싶었다.

여자는 마치 상장이라도 되는 듯 남편한테서 모자를 낚아챈 다음 웃음을 터트렸다.

"해냈지?" 여자가 말했다.

남자는 고개를 끄덕였지만 아무 말도 하지 않았다.

한동안 해변에서 별다른 일은 일어나지 않았지만, 혹시 사람들 곁에 있었다면 짧은 드라마 몇 편은 목격했을지도 모른다. 게의 죽음과 같은, 풋내기 가부장과 재주넘기와 결혼 이야기 같은. 가끔 그런 드라마는 관심이나 해석도, 의미의 확장도 필요치 않다.

로드 아일랜드의 돌들은 다른 곳의 돌들과 달랐는데 주 경계를 따라 다른 요소는 아무것도 없었기 때문에 바로 알 수 있었다. 담을 쌓은 돌들은 내 고향에 비해 더 평평하고 색도 진했다. 나는 지도에서 볼 수 있는 경계 지역의 물질성을 여전히 약간은 기대한다. 강의 경계와 해안선은 몹시 아름답기까지 하다. 그 안에서 자연은 관료주의를 얼마나 뒤흔드는가. 진흙투성이 강이 세법을 바꾸고, 조수 웅덩이는 새로운 법의 테두리가 된다. 북한과 남한 사이의 비무장 지대는 그 지역에서 새를 관찰하기 가장 좋은 곳이라고 한다. 전쟁의 역사로 만들어진 야생의 완충 지역에 희귀한 두루미 종이 살아남아 있다. 귀한 새들이 모든 나라들의 경계에 살고 있다면 얼마나 좋을까?

마지막 몇 시간은 차도를 따라 걷기 위해 내륙으로 방향을 틀었다. 지도의 해안선이 구불구불해서 해 지기 전에 도착하지 못할까 봐 걱정되었기 때문이다.

시골길을 걸을 때, 특히 초여름이라면, 사람들의 다정함을 종종 발견할 수 있다. 나무로 만든 거위 모양 우편함에 빨간 리본이 묶여 있다. 정원에 만발한 한해살이 해바라기를 보면 한 해만 자랄 식물을 키우기 위해 시간을 들이는, 커다랗고 노란 꽃이 한 계절에만 활짝 피면 충분하다고 생각하는 집주인이 보인다. 나는 지난봄에야 처음으로 정원을 가꿔보기 시작했는데 그게 나를 행복하게 만든다는 사실에는 별로 놀라지 않았다. 나를 놀라게 한 것은 정원 일을 할 때 갑자기 차오르는 행복, 예를 들면 식물에 물을 줄 때 느끼는 기쁨의 수위였다.

정원에 서서 자라고 있는 꽃을 향해 호스를 겨냥하고 물줄기가 공중에서 아치를 그리는 모습을 지켜보는 일, 그 꽃이 재생산을 위해 알록달록한 절정에 도달하도록 돕는 일은 거의 축하 파티나 마찬가지였다. 내가 심은 여우장갑에 줄줄이 핀 꽃들, 종 모양의 그 은은한 색 꽃들에 꿀벌들이 나란히 자리 잡는 모습을 보는 것도 마찬가지다. 나는 여우장갑이 살아남아서, 그리고 어떻게 보면 내가 벌들에게 끼니를 제공했다는 생각에 몹시 기뻤다. 나는 실수로 너무 많은 식물을 죽였고 식물들이 시들거나 축 처지거나 헐벗는 것을 지켜보았다. 어쩌면 '죽였다'는 말은 어울리지 않는지도 모르겠다. 나는 그것들을 돌려보내 주었다. 그들이 필요로 하는 것을 주지 못했다. 나의 관리는 무대책, 무능력, 그리고 엉터리 추측이 전부였다. 물이 충분하지 않거나 너무 많았고 흙은 모래투성이었으며 빛도 부족했다.

걷다가 장미 덤불로 뒤덮인 수백 미터의 벽 앞에서 우편함을 청소하고 있는 남자를 지났다.

나는 하얀 원뿔 모양 꽃이 만발한 개오동나무 그늘에서 잠시 쉰 다음 또 계속 걸었다. 그날 아침 집을 나서 나의 고조부가 여름을 보냈던 사코넷에 도착해 걸음이 느려질 때까지, 여덟 시간 동안 25킬로미터를 걸었다. 오른발 가장자리가 후끈거리며 아팠고 무릎은 덜그덕거렸다. 이제 삼십 대 중반이구나, 라고 그때 생각했다. 한때는 하루 종일 산을 탈 수 있었는데 지금은 잘 닦인 평지를 걷는 것도 위험한 상태가 되었다.

사코넷 하버Sakonnet Harbor에는 한 번 와본 적이 있었다. 십여 년 전이었는데, 해가 뜰 때 친구 에단의 상업용 고깃배를 타고 바다에 나가 몇 시간 동안 돔발상어를 어마어마하게 잡아 왔다. 상업용 낚시는 낚싯대로 하는 낚시와는 다르다. 한 번에 한 마리를 낚는 것이 아니다. 낚싯바늘을 빼고 그놈을 바구니에 넣을지 다시 바다로 던져줄지 고민할 시간이 없다. 무언가를 낚고 있다는 만족감이, 말하자면 낚싯대에 걸린 그 물고기가 당신을 골랐다거나 혹은 당신이 그 물고기를 골랐다는 그런 만족감이 없다. 한쪽의 죽음으로 끝나거나 당신의 자비로 끝날 일종의 관계가 맺어졌다는 그런 만족감이 없는 것이다.

부표 사이에 며칠 동안 쳐놓은 밝은색 그물에 헐떡이는 돔발상어가 피를 흘리며 한꺼번에 낚여 올라왔다. 그물은 실감개처럼 생긴 커다란 금속 도르래로 끌어올렸다. 그물이 수면 위로 올라오는 동안 에단과 그의 조수와 나는 각기 1미터 전후 크기의 돔발상어를 골라 플라스틱 통에 던져 넣었다. 아주 간혹 그물에 심하게 엉킨 돔발상어가 도르래로 팽팽하게 빨려 들어가는 그물의 무게에 짓이겨지기도 했다. 그렇게 되면 도르래가 멈추는데 그걸 다시 풀어 짓이겨진 생선을 꺼내 통에 던졌다.

그물을 한 번 걷어 올린 후 나는 통을 들여다보았다. 상어의 눈은 유리 같은 청록색이었다. 개중에는 내 아버지처럼 푸른 눈도 있었는데 대부분은 샐러리 색깔이었다. 퇴폐적으로 아름답고 경박한 두 눈 속 석탄처럼 새까만 눈동자 때문에 주변 홍채가 희미하게 빛나 보이기까지 했다. 나는 맨 위에 쌓여 있는 상어를 가까이 들여다보았다. 시커먼 운모 부스러기로 씻어놓은 듯 눈 안에 금색 혹은 은색의 점들이 있었다.

나는 낚시도 오리 사냥도 해 보았다. 그래서 가까이 보면 동물들이 다르게 보인다는 사실을 안다. 손에 안고 있지 않으면 절대 보지 못할 자세한 부분들과 색들이 보이기 때문이다. 청둥오리 날개의 청록색은 쌍안경으로 볼 때보다 더 화려한 무지개빛이다. 블루피시 옆구리에서 반짝이는 보랏빛은 유성 페인트만큼 광택이 있다. 그리고 그때 그 돔발상어의 눈은 지금껏 내가 본 눈들 중에서 가장 아름다웠다. 사람들의 눈은 보통 빛도 없는 해저에서 사냥을 하는 이 작은 상어의 눈보다 흐리멍텅하다. 당신이 잡식 동물이라면 동물의 죽음에 대해 죄책감을 느낄 때가 올 것이다. 동물의 감정과 의식에 대해, 혹은 자연스럽게 죽을 권리에 대해 생각하게 될지도 모른다. 하지만 죄책감은 그보다 훨씬 구체적인 맥락에서 다가올 수도 있다. 인간들이 더 이상 보지 못하는 동물들의 두툼한 살집, 그 몸을 인간이 거의 모든 감각으로 얼마나 아름답게 느낄 수 있는지 말이다. 추운 날 소의 따스한 목, 돼지의 속눈썹, 목장 송아지의 코 색깔, 양털의 보드라움. 그리고 여름 내내 내가 부르면 달려와 발밑에서 고개를 기울인 채 나를 보는 수탉 두 마리를 볼 때마다 나는 짙붉은 닭의 볏 색깔이 렘브란트 그림 속 피처럼 선명하다고 생각했다. 닭들은 내가 아침에 걸어오는 소리가 나면 구구구구 운다. 정원 모퉁이를 돌면 닭들이 문 앞에서서 내가 문을 열어주길 기다리고 있다. 구구구구 우는 그 소리는 얼마나 귀여운지, 그리고 그 소리를 더 이상 듣지 못하면 얼마나 슬플지.

에단은 돔발상어가 영국으로 수출되어 피시 앤 칩스가 될 거라고 말했다.

"예전에는 대구였지." 그날 오후 돌아오는 길에 그가 말했다.

"상어도 대구 맛과 비슷한가?" 내가 물었다.

"튀기잖아." 그가 말했다. "그럼 다 똑같아져."

그랬던 사코넷에 지금 다시 와 있다.

내 선조들의 여름 별장으로 이어지는 자갈 깔린 진입로에는 나이 많은 삼나무가 심어져 있었고 그 옆은 목초지다. 목초지에는 노처럼 생긴 잎사귀들이 하늘을 바라보고 있는 밀크위드가 많았는데 그 위에 나비가 여러 마리 앉아 있었다. 집은 진입로에서 400미터 정도 떨어진 둔덕 위에 있었다. 1950년대 즈음 우리 가족이 이 집을 팔았는데 지금은 누가 소유하고 있는지 알 수 없었다.

다른 가족의 역사 이야기는 별로 재미가 없다는 것을 우리 모두 알고 있다. 가족의 역사는 마치 꿈처럼 자기중심적이고 스토리도 없다. 그저 자신과 관계 있으며, 위대함이나 용맹함 혹은 선조들이 부응하려고 노력했던 어떤 특성을 자기 삶에 공짜로 부여해 줄 수 있는 일종의 사실들일 뿐이다. 그럼에도 불구하고 나는 지금 내가 가고 있는 집에 의미를 부여해 줄 몇 가지 세대별 사실들에 대해 이야기하고자 한다.

내 고조할머니의 아버지는 1850년대에 신문사를 설립했고 그 신문사는 나중에 <시카고 트리뷴>으로 합병

되었는데 그의 딸 제시 브로스Jessie Bross가 <시카고 트리뷴>에서 일했던 젊은 신문기자와 결혼했다. 그가 바로 내 고조할아버지 헨리 더마레스트 로이드Henry Demarest Lloyd다. 사코넷에서 여름을 보냈던 이들이 바로 헨리와 제시였다. 헨리는 사회주의자였고 록펠러의 스탠다드 오일에 관한 뉴스를 터트린 추문 폭로 전문 저널리즘의 선구자라고 그의 위키피디아 엔트리는 기록하고 있다. 그는 『부와 공공의 부Wealth Against Commonwealth』라는 책을 집필했는데 나는 몇 년 동안 그 책을 읽어보려 했지만 매번 그 공격적이고 따분한 어조에 포기할 수밖에 없었다. 그는 이런 식의 설명을 결코 원치 않았겠지만 그 책은 한마디로 536쪽에 달하는 자본의 독점을 반대하는 주장들이었다.

마찬가지로 사회주의자였던 그의 아내 제시는 시카고에 있는 집을 가정 폭력 희생자들과 빈곤한 이민자들을 위한 피난처로 제공했다. 우리 모두 제시를 자랑스러워 한다. 두 사람의 장남은 부모님의 인도주의 정신, 사회주의적 이상을 본받아 미국 공산당을 공동 창립했고, 유명한 페미니스트이자 평화주의자이며 여성 참정권자인 롤라 매버릭Lola Maverick과 결혼했다. 또 다른 아들 더마레스트는 부모님의 유산을 현금화해 동쪽으로 이주했는데, 부모님이 일과 사회 복지 프로그램으로 너무 바쁜 나머지 아들을 방치했고 그래서 그가 부모님을 미워했기 때문이라는 것이 우리 엄마의 생각이었다. 듣자 하니 그는 여기 매사추세츠에서 공공연한 바람둥이이자 아편에 중독된 극보수주의자가 되어 나치를 신봉하는 가정부를 고용했고 1937년 약물 과다 복용으로 메릴랜드 포토맥Maryland Potomac에 있는 자택 침대에서 사망한 것을 정부가 발견했다고 한다. 그가 나의 증조할아버지다. 그가 구입한 땅에 증조할머니 캐서린이 댄스홀을 지었고 지금 제니와 나는 그 댄스홀을 개조한 집에서 살고 있다.

증조할아버지에게 물려받은 이 땅과 집이 수치스럽다고 생각해 본 적은 없지만 커다란 슬픔은 있을 거라고, 땅에 아로새겨져 있거나 집안 구석구석에 숨어 있을 거라고 가끔 생각한다. 더마레스트와 캐서린의 아들이 제2차 세계대전에 참전했다가 비행기가 격추되어 스물네 살의 나이로 사망했음을 알려주는 작은 가족 묘지의 묘비를 보면 그 슬픔이 조금 더 분명히 보인다. 캐서린이 남편을 만나기 전 연인들에게 받은, 혹은 그녀를 연모했던 사내들이 보낸 편지 뭉치가 푸른 리본으로 묶인 채 엄마에게 발견된 다락방 안에서도. 미국 일본 대사 아들의 편지도 한 통 있었고 고작 열여섯 살이던 그녀를 몰래 만났던 국

무장관의 편지도 있었다. '태워버리시오'라는 문구는 그녀가 모아둔 모든 편지에 적혀 있었다. 하지만 가장 눈을 뗄 수 없었던 편지는 아버지를 따라 투탕카멘의 무덤에 들어갔던 이집트 학자가 보낸 편지였다. '사랑하는 카틴카에게'라고 그는 편지를 시작했고 해 질 무렵 나일강에서 작은 돛단배를 타던 이야기를 늘어놓았다.

나는 캐서린이 이곳 매사추세츠의 집에 살 때, 겨울에 눈송이가 창문을 두드리고 댄스홀은 텅 비어 있으며 남편은 아편으로 정신이 혼미하거나 정부와 어디론가 사라지고 없을 때, 그 이집트 학자에 대해 생각했을지 궁금했다. 그녀는 창가에 서서 우중충한 회색 바다 위로 드리워진 잿빛 하늘을, 어쩌면 갈색 참새 몇 마리가 여름에는 정원사가 돌봤던 말라비틀어진 장미 덤불을 샅샅이 뒤지고 있는 모습을 바라보지 않았을까. 그럴 때 그녀는 그 이집트 학자를 생각했을까? 돛단배에 나일강물이 부딪히는 소리, 피부에 닿는 아프리카의 따뜻한 태양, 그가 뚫고 들어갔던 무덤, 하늘 높이 우뚝 솟은 거대한 기념물을 남기고 사라져버린 문명에 대해 즐겁게 이야기해 줄 그의 모습을 떠올렸을까? 말하자면 그녀는 나의 증조할아버지와 결혼한 것을, 다른 여자 때문에 자신을 버린 그 남자를 선택한 것을 후회했을까?

어느 날 정원에서 구덩이를 하나 파려고 삽 한가득 흙을 퍼올리는데 땅속에 빨대 같은 무언가가 묻혀 있었다. 나는 그것을 꺼내 흙을 털었다. 손으로 만든 도자기의 일부 같았는데 가운데에 아주 작은 구멍이 뚫려 있었다. 부서진 파편의 한쪽에는 '글래스고Glasgow' 반대쪽에는 '데이비슨Davidson'이라고 적혀 있었다. 대학 때 들었던 고고학 수업 덕분에 그게 오래전 쓰던 담배 파이프라는 사실을 알 수 있었다. 파이프를 빠는 부분이 입에 닿아 축축해져 깨진 파편을 누군가 땅에 뱉었을 것이다. 언제 쓰던 것인지도 쉽게 알 수 있었는데, 1861년과 1891년 사이에 만들어졌다는 글자만은 완벽하게 남아 있도록 깨져 있었기 때문이었다.

이 말을 하는 이유는 내 증조할머니의 삶이, 그리고 어쩌면 그녀의 슬픔이 나의 뿌리 같기 때문이다. 말하자면 기본음과 비슷하다. 하지만 그보다 더 오래된 이야기는 언제나 있으며 인간의 어떤 이야기도 영원하지 않다는 사실을 나는 떠올린다. 증조할아버지와 증조할머니의 슬픔 뒤에는 행복과 노동과 수천 개의 다른 이야기가 있다. 지금 내 정원이 된 땅에, 캐서린이 태어나기 수십 년 전 남북 전쟁 시기에 한 농부가 서 있었을 것이다. 그는 행복하게 파이프 담배를 피웠을 것이다. 아마 양털을 깎거나 작물을 심으며 종일 힘들게 일한 뒤였을 것이다. 피곤하고 땀에 절어 있었을 테고 풀밭에 앉아 노을을 보고 있었을지도 모른다. 전쟁이 막 끝났을 것이고 기진맥진한 기운이 뉴잉글랜드 전체에 파도처럼 번지고 있었을 것이다. 그의 허벅지에 닿은 땅의 느낌은 어땠을지 나는 궁금했다.

거실에 서서 창밖의 눈과 잎이 다 떨어진 장미 덤불을 바라보았을 내 상상 속 캐서린도 그 농부 입장에서는 아주 먼 미래의 일일 것이다. 심지어 그가 죽은 후의 일일 것이다. 캐서린이 이집트 학자를 선택할 가능성, 나일강에서 배를 탈 가능성, 걱정 없는 결혼 생활을 할 가능성은 여전히 존재한다. 모든 가능성이 아직 열려 있다.

어찌 보면 캐서린에게 상황은 갈수록 나빠지기만 했다. 더마레스트가 죽은 후 캐서린은 숨겨놓았던 남자와 결혼했는데 그가 두 사람 모두 아는 어떤 남자와 바람을 피운다는 사실을 발견해 이혼했다고 한다. 그리고 더마레스트의 상황도 기록된 것보다 훨씬 잔인했거나 심각했다는 사실을 최근에 알게 되었다. 더마레스트의 정부가 그를 살해한 것이 틀림없다고 두 사람의 딸인 할머니가 내 어머니에게 말했다는 것이다. 당시 십 대였던 할머니는 포토맥에 있는 집에 잠시 머물고 있었는데 더마레스트와 그의 정부가 막 수정한 유언장에 대해 밤새 서로 소리치며 싸우는 소리를 들었다고 했다. 그리고 다음 날 그가 사망했다.

유언장을 남기면 꿈을 그만 꾸게 되는 것 같다고 나는 생각했다. 그때는 자기 주변에 있길 바라는 존재가 아니라 실제로 무엇이 있는지 정확히 계산하게 된다. 나는 스물다섯 살에 처음으로 유언장을 작성했는데 그때 이미 부모님께 물려받았던 댄스홀도 포함시켰다. 덕분에 내가 물려받은 그 건물에 대해 어느 때보다 더 많이 생각하게 되었다. 텅 빈 댄스홀은 간청과 희망 사이 어딘가에 있는 초대장이었다.

사코넷 집이 가까워지는 동안 나는 어린 더마레스트에 대해, 한때 소년이었을 그에 대해 생각했다. 소년은 매해 가족과 함께 시카고에서 며칠 동안 기차를 타고 동쪽을 향해, 여름을 향해 달렸을 것이다. 여름을 생각하면 아마 모든 아이들이 해변으로 휴가를 떠나기 전에 느꼈을 그 특별한 기쁨이 그의 안에서도 발효되었을 것이다. 기차는 밤새 달렸을 것이고 소년은 특별한 간식을 준비하고 소중한 장난감도 챙겼을 것이다. 그는 이 해변에서 주운 조개나 돌멩이를 침실 창틀에 나란히 세워놓는 소년이었을까? 아니면 모래성에 갇힌 게에게 돌멩이를 던지는, 이미 던지겠다고 마음먹고 다른 아이들에게 동의를 구하는 그런 소년이었을까? 캐서린은 그를 만났을 때 그가 그런 소년이라는 사실을 알고 있었을까?

'사유지 무단 침입 금지'라는 표지판과 감시 카메라 경고문이 진입로를 따라 세워져 있었고 그 길을 따라 들어가자 차 한 대가 들어갈 만큼 넓은 돌로 만든 아치가 안뜰이라고 부를 수밖에 없는 곳으로 이어져 있었다.

고조할머니 제시가 그 여름 별장을 '열쇠 없는 집'이라고 불렀다는 글을 읽은 적이 있는데, 누구든 언제나 들를 수 있었기 때문이다. 사회주의적 믿음에 따라 그들은 하인을 두지 않고 찾아오는 손님들에게 집안일을 일부 맡겼다고 한다. '부유한 보헤미안'이 어쩌면 더 정확한 묘사일 것이다. 그들은 저녁을 먹으며 칼 마르크스에 대해 활발히 토론했을 것이다. 읽던 신문을 무릎에 내려놓고 바닷가로 열린 창 옆의 나무 의자에 비스듬히 누워 있는 작가도 있었을 테고, 커피 테이블 위에는 빈 찻잔이 어지러이 놓여 있었을 것이다. 1895년쯤 제시 브로스와 헨리 더마레스트 로이드가 사코넷에서 찍은 사진을 나중에 우연히 보게 되었는데 제시는 검정색 치마와 흰색 재킷을 입고 낚시꾼 모자를 쓰고 돌담 위에 앉아 사진사를 똑

길 끝의 문

GATE AT THE END OF THE WALK

바로 바라보며 웃고 있었다. 정장을 갖춰 입고 베레모를 쓴 제시의 남편은 그 뒤에서 돌담에 다리를 올리고 있었는데 두 눈동자가 몹시 깊었다.

아치형 입구 아래 초인종은 보이지 않았다. 현관이라고 할 만한 문도 없었다. 나는 집 앞에 서서 소심하게 누군가를 불렀다. 모자를 벗고 바다를 건너느라 소금기가 말라붙어 엉클어진 머리칼을 손가락으로 정리했다.

마치 우리 가족이 그곳에 쭉 살고 있는 것처럼 차에는 일리노이 번호판이 붙어 있었다.

"계십니까?" 나는 약간 긴장한 채 다시 한번 주인을 불렀다. 그리고 창문을 올려다보며 로드 아일랜드의 총기 소지 관련 법률이 어떤지 생각했다.

막 돌아 나가려고 할 때 한 남자가 마당 반대편에 세워진 차들 뒤에서 나타났다.

나는 웃으며 손을 흔들고 이렇게 갑자기 쳐들어와서 죄송하지만 이 집이 오래 전 우리 가족의 집이어서 그런데 한번 둘러봐도 되겠냐고 물었다.

그는 젊었고 몸이 탄탄했으며 위쪽으로 솟은 멋진 머리칼에 두 눈은 푸른색이었다.

"벤?" 그가 말했다.

"네?" 그가 내 이름을 안다는 사실에 나는 깜짝 놀랐다.

"브라이언이야."

그러고 보니 나도 그를 알았다. 그는 우리 가족이 크리스마스 트리를 사곤 했던 먼 길 아래의 농장 주인이었다.

"여기서 뭐하십니까?" 내가 물었다.

"우리 집이야." 그가 대답했다.

나는 이해할 수 없었다. 그의 농장은 주 경계 너머 매사추세츠에 있었다.

그는 가족들이 시카고에서 왔는데 땅을 찾으러 여기까지 왔다가 이 땅을 샀다고 했다. 그리고 농장도 샀다고.

"그런데 여기 사세요?" 내가 물었다.

"그렇지."

그는 예의 바르고 편안해 보였으며 내가 이해하려고 노력하고 있는 그 어마어마한 우연에 놀라지 않은 게 틀림없었다. 그는 내가 자기 집에서 뭘 하고 있는지 궁금했을 것이고, 나는 이렇게 세월이 지났는데 내 고조할아버지와 고조할머니가 살았던 집에 아는 사람이 살고 있는 일이 어떻게 가능한지 이해하기 위해 노력하고 있었다.

그때 그가 이 집이 내 고조부가 살던 바로 그 집은 아니라고 말해 주었다. 나중에 어디선가 읽었는데 로이드의 집은 50년대쯤 (브라이언네가 아닌) 다른 가족에게 팔렸고, 건물 집기가 경매로 처분된 후 1959년에 철거되었다고 한다. 그리고 그 가족이 땅을 브라이언의 가족에게 팔았고 브라이언의 가족이 오래된 터에 이 집을 지은 것이다. 그러니 내가 찾아온 집은 조상들이 살았던 바로 그 집은 아닌 것이다.

"원한다면 보여주지." 그가 말했다.

그는 스콧 피츠제럴드의 『위대한 개츠비』 속 한 장면인 것 같은, 바다를 향해 펼쳐진 현관문 앞의 초록 잔디로 나를 데려갔다. 집 안에서 그의 아버지가 나와 우리 곁에 섰다. 그리고 시카고에서 휴가차 방문한 그의 대학생 조카도 바깥으로 나왔다.

"왜 나왔니?" 브라이언이 조카에게 물었다.

"누가 왔는지 보러 왔어요." 그녀가 나를 두고 말했다.

"매사추세츠에서부터 걸어오셨단다." 브라이언이 그녀에게 말했다.

"뭐라고요?" 그녀가 말했다. "왜요?"

나는 고조할아버지 집을 찾아왔는데 와 보니 이 집이 그 집은 아니었다고 웃으며 말했다.

"그렇지." 브라이언의 아버지가 말했다. 모든 것이, 심지어 풍경도 같지 않았다.

나는 더 이상 존재하지도 않는 것을 찾아 떠난 어리석은 순례자가 된 느낌이었다.

그래서 여전히 그대로인 바다를 향해 얼른 돌아서며 말했다.

"고조할아버지도 바로 이 풍경을 보셨겠지요."

"그렇지." 브라이언의 아버지가 말했다.

네 사람이 잔디에 서서 수평선을 바라보았다. 한 가족의 삼 대, 그리고 내가.

브라이언의 아버지가 집 쪽으로 돌아섰다. 조카는 휴대전화를 들여다 보았다.

"자," 브라이언이 말했다. "더 보고 싶은 게 있나? 원한다면 집 안도 보여주지."

하지만 그건 그냥 다른 사람의 집을 구경하는 꼴일 테니 내 여정의 엉뚱함만 강조되어 더 부끄러워질 게 분명했다.

"괜찮습니다." 내가 말했다.

"그럼, 입구까지 태워다 드릴까?" 브라이언이 말했다.

"아니요. 괜찮습니다." 내가 말했다.

"정말 괜찮겠나?" 그가 말했다.

"물론입니다." 내가 말했다.

마지막으로 집을 한번 보는데 그때 집 뒤의 커다란 화강암 언덕이 눈에 들어왔다.

"저 바위는," 내가 브라이언과 그의 아버지에게 말했

다. 조카는 이미 집 안으로 들어간 후였다. “옛날 사진에서 본 적이 있어요.”

“맞아.” 브라이언의 아버지가 말했다. “항상 저 자리에 있었지.”

가까이 다가가 보니 바위 옆에 수영장이 만들어져 있었다. 나는 우리 가족과 아무런 상관없는, 어쩌면 사십억 년 전에 만들어진 바위 옆 수영장의 투명한 물을 아무 감정 없이 바라보았다.

‘옳은 행동을 하려면 먼저 옳은 행동이 무엇인지 알아야 한다’고 나의 고조할아버지는 『부와 공공의 부』에서 말씀하셨다. ‘해결책의 첫 단추는 사람들의 관심이다. 사람들은 알게 되면 관심을 가질 것이다.’

나는 진입로를 절반 정도 나와 서서 들판의 왕나비를 바라보았다. 누군가 이른 폭죽을 터트렸다. 그날이 미국의 기념일이라는 사실을 계속 잊고 있었다. 우리는 팬데믹의 한가운데에 있었다. 몇 달 안에 바이러스로 인한 미국의 사망자 수는 이십오만 명에 도달할 것이다. 전국 방송에서 대통령은 자신이 백인 우월론자가 아니라고 말하기를 계속 거부할 것이다. 일부 민주당원이 소아 성애가 있는 흡혈귀이며 그들이 결국 국회의사당을 공격할 거라고 수백만 명이 생각했다. 나는 세상에서 가장 값비싼 군대를 보유하고 있지만 기후 변화에 대한 대책은 없는 나라에 살고 있었다.

'사람들이 알고 관심을 갖도록 돕기 위해' 헨리 더마레스트 로이드는 이렇게 말했다. '악에 대한 새로운 증오, 선에 대한 새로운 사랑, 권력의 희생자들에 대한 새로운 동정심을 자극하고, 그와 같은 지식을 확대함으로써 낡은 양심을 새로운 양심으로 촉진하기 위해 사실들을 이렇게 편집했다'고 말했다.

『부와 공공의 부』는 1890년대, 즉 두 번의 세계대전이 일어나기 전, 원자폭탄이 투하되기 전이자 살충제가 기승을 떨치기 전, 터스키기Tuskegee 생체 실험과 베트남 전쟁이 있기 전, 정부와 기업이 사람들을 다치게 하거나 죽이기 위해 아무도 몰래 너무 많은 짓을 하기도 전에 출간되었다. 어쩌면 1890년대 당시에는 권력을 가진 이들이 필요한 사실들을 알기만 한다면 올바른 법을 제정할 거라는 희망이 여전히 남아 있었는지도 모른다. 선진국을 향한 첫발을 떼면서도 개인의 권리에 대한 희망의 여지가 여전히 남아 있었는지도 모른다.

'민주주의는 거짓말이 아니다'라고 그는 자신의 책 마지막 부분에서 마치 바람이자 사실인 듯 말했다.

왕나비들에 대해 내가 들었던 사실들은 무엇인가? 나는 들판에 서서 생각했다. 나비들이 서식지 파괴 때문에 멸종하고 있다고? 아니면 대기 오염 때문에? 단일 작물 재배 때문에? 기후 변화 때문에? 침입종 때문에? 정확한 이유는 기억나지 않았지만 어쨌든 인간이 한 짓이라는 사실만은 확실했다.

·

헨리는 「산책」에서 이렇게 말했다. '우리는 가장 짧은 산책일지라도 다시 돌아오지 않으리라는 불굴의 모험심으로, 무뎌진 심장은 황량한 왕국의 유물 따위로 되돌려 보낼 준비를 하고 나서야 한다.'

나는 나의 무뎌진 심장을 돌려보내고 싶지는 않았다. 나는 그날 밤 해가 질 때쯤 기꺼이 그리고 온전히 집으로 돌아왔고 어서 샤워를 하고 눕고 싶었다. 제니가 사코넷에서 나를 픽업하려고 막 집을 나서려는데 우리 개 샐리가 사슴을 쫓아 숲으로 들어가 버렸다고 했다. 그래서 제니는 숲으로 습지로 샐리를 부르며 찾아 다니느라 나를 픽업하러 오지 못했다. 그 대신 집에서 십오 분 거리에 사는 엄마가 나를 데리러 오셨다. 사슴을 놓친 샐리는 알아서 집으로 돌아왔다고 했다.

그날 밤 제니와 나는 V 모양이 반복되며 높이 떠 있는 구름과 습지 사이에 낮게 떠 있는 구름을 바라보았다. 멀리서 불어온 바람과 기압이 북쪽을 바라보고 있는 나팔꽃 모양 구름을 만들어 꽃의 가장자리를 불태우고 있었다. 햇살을 받으며 구름을 바라보는 일은 해도 해도 질리지 않을 것이다. 구름은 얼마나 쓸데없이 넘쳐나는 아름다움인지, 어쩌면 그토록 풍부한지. 증발한 물이 안개처럼 매달려 있다면, 하늘이 지면과 대기 사이의 한증막과 같다면 더 실용적이고 효율적일까? 하지만 우리의 지구는 바로 이런 모습이다. 태양 빛을 받는 거대한 덩어리, 그리고 깃털처럼 공기 중에 가볍게 떠 있는 들뜬 물방울들.

'나는 나의 건강과 정신을 보존할 수 없다고 생각한다'고 헨리는 말했다. '하루에 적어도 네 시간, 그리고 보통은 그보다 더 오래, 속세의 온갖 일로부터 완전히 자유롭게 숲을 거닐고 언덕과 들판을 한가롭게 누비지 못한다면 말이다.'

그날 나는 아홉 시간 동안 25킬로미터를 걸었지만 딱히 더 건강해졌다거나 영혼이 고양되었다고 느끼지는 못했다. 몇 년 전, 내 피에 부족한 미네랄을 갈망하듯 케이프코드의 해변을 걸어야 했던 그런 여정이 필요한 것은 아니었다. 지금은 그날의 이미지들만 남아 있다. 아침

사코넷, 해변과 등대

SAKONNET, BEACH AND LIGHTHOUSE

에 바닷가에서 쬐던 햇빛. 떡갈나무 옆에서 쉬면서 새로 돋아난 잎사귀가 어떤 녹색인지 떠올리려고 했는데 자세히 보니 붉은색이었던 일. 게와 소년들. 선사 시대의 바위를 안고 있는 멋진 수영장. 헨리처럼 육체적으로나 정신적으로 반드시 필요했던 길은 아니었지만, 결국 우리 가족의 집도 아니었던 곳으로 가는 길에서 내가 만난 것은 그저 매일의 인간애일 뿐이었다.

「산책」에는 걷기에 대한 은유로 흠잡을 데 없는 단락이 있다. '어디로 걸을지 결정하는 일이 어째서 때때로 그토록 어려운 것일까? 자연에는 미묘한 자성이 존재하므로 우리가 무의식적으로 그것에 굴복한다면 올바른 길로 인도될 것이라고 나는 믿는다. 어느 길로 걷는가는 우리에게 무관한 문제가 아니다. 올바른 길은 있다. 하지만 우리는 부주의함과 어리석음으로 잘못된 길로 가기 쉽다. 우리는 실제 세상에서 한 번도 가 보지 않은 그 길로 기꺼이 나설 것인데, 그 발걸음이 바로 내적이며 이상적인 세상에서 우리가 떠나고자 하는 길에 대한 완벽한 상징이다. 가끔 방향을 선택하는 일이 힘든 때가 물론 있는데 이는 우리 머릿속에 그 길이 분명히 존재하지 않기 때문이다.'

걸으면서, 마찬가지로 살면서도, 우리는 각자의 길을

선택해야 한다. 선택할 수 있는 길은 하나뿐이므로 다른 길들은 포기해야 한다. 나는 선조들의 여름 별장을 향해 걸었고 그들의 길을 선명하게 돌이켜 보며 궁금해 했다. 그러니까 내 증조할머니는 중독에 굴복하고 바람을 피울 남자와의 결혼이 잘못된 선택이었다고 생각했을까? 고조할아버지와 고조할머니는 어린 아들에게 필요한 사랑을 희생해 가면서까지 사회에 선을 베푼 일이 올바른 선택이었다고 생각하셨을까? 우리는 불행이나 역경이 야기한 삶의 잘못된 길들을 거절해야만 하는 것일까? 말하자면 어떻게 하면 남서쪽으로 삶의 방향을 틀 수 있을까?

저녁을 먹고 제니와 함께 동네 선착장으로 걸었다. 습지의 물 위에 손바닥만 한 크기의 청보라색 기름이 풀에 걸린 채 떠 있었다.

염습지 위의 구름

CLOUDS OVER SALT MARSH

여정 사이의 기록,
세 번째

케이프코드에 가기 전이었던 수년 전 일월, 언 땅 너머로 나무 보트를 옮기다가 보트가 미끄러져 뱃전이 내 손 위로 세게 떨어졌다. 가운뎃손가락 1센티미터 정도가 죽은 풀 위에 떨어져 있었다. 손가락 끄트머리를 집어 들던 그 느낌을 정확히 묘사할 수 있다면 좋을 텐데. 나는 손가락을 살리려고 마치 새알이라도 집어 든 듯 잘린 손가락을 손바닥 위에 올려놓고 고이 감쌌다. 그때 그것은 더 이상 내 신체의 일부가 아니라 하나의 대상이었기 때문에 감각이 전혀 없다가도 또 있었다. 왼손이었다. 내가 글을 쓰고 그림을 그리는 손. "빨리 가야 해." 나는 보트의 반대편을 들고 있던 친구 존에게 말했다.

당시 의사는 손가락을 꿰매 붙일 수 없었고 그래서 나는 엄청난 양의 약과 함께 집으로 돌아왔다. 이후 손가락 끝부분에 피부 이식 수술을 받기 위해 다시 병원을 찾았다. 수술 전, 의사는 손가락 아랫부분에서 피부를 이식하지 못하면 손가락을 구부려 손바닥에 붙인 다음 손바닥에서 손가락 끝으로 피부가 자라면 나중에 다시 떼어낼 거라고 했다. 그리고 그런 조치가 필요할지는 내가 마취가 된 후에야 알 수 있다고 했다. 깨어나 보니 손가락이 손바닥에 붙어 있지는 않았지만 손톱이 자라기 시작하는 곳에 엄청난 양의 밴드와 알루미늄 판이 붙어 있었다.

몇 주 동안 동물들이 내 손가락을 씹어 먹는 꿈을 꾸었다. 한번은 누가 내 손을 잡고 있는 게 틀림없다는 생각에 잠에서 깼다. 고통은 가장 창의적인 방식으로 도착했다. 손가락 끝에서 소리가 울리는 것 같았고 누가 꼬집거나 깨무는 느낌이 났고 선풍기처럼 윙윙거리기도 했다. 손이 잘리던 순간이 계속 재연되었으며 바늘로 쿡쿡 찌르는 듯 또는 촛불에 손가락을 대고 있는 것처럼 화끈거리기도 했다. 보통은 잘린 손가락 끝을 작은 망치로 가볍게 툭툭 치는 느낌이 하루 종일 지속되었다. 간호사에게 그 고통이 정상이냐고 묻자 이런 대답이 돌아왔다. “손가락 끝이 폭발한 거나 마찬가지니까요.”

손가락 한 마디를 잃었던 그 주는 1918년 이래 매사추세츠가 가장 추웠던 한 주였고 그래서 땅이 그렇게 미끄러웠던 것이다. 보트를 옮기기 며칠 전, 북쪽으로 240킬로미터 거리에 있는 워싱턴산이 체감 온도 영하 26도로 캐나다의 작은 도시와 나란히 지구에서 두 번째로 추운 곳으로 기록되었다. 바다 얼음이 우리 집 앞 강까지 흘러 들어왔다. 높은 파도가 선착장 말뚝에 서리처럼 얼음을 붙여놓았다. 겨울을 나는 새들이 조용해졌다. 내가 초등학교 다닐 때 이후로 한 번도 얼지 않았던 강물을 여우 한 마리가 건너갔다.

우리 집은 너무 추웠다. 나는 수술 후 통증에 시달리고 있었다. 침대에서 내려올 때 발바닥에 닿는 나무 바닥이 찌릿찌릿했다. 그래서 만을 건너 0.5킬로미터 정도 떨어진 부모님 댁으로 들어갔다. 추위 때문이기도 했지만 가장 큰 이유는 설거지를 하거나 운전을 하거나 양파를 썰거나 피넛버터 병을 열 수 없었기 때문이었다.

고통과 진통제 때문에 책을 읽을 여유도 없었고 넓은 반도 끄트머리 오래된 농장들 사이에 있는 부모님 집에는 인터넷이나 쓸만한 휴대 전화 서비스도 없었으니 나는 텔레비전을 켜 저녁 뉴스를 보았다. 열정적인 기상 캐스터가 한파에 대해 큰 소리로 호들갑을 떨고 있었다. 하늘에 구멍이 난 것처럼 겨울의 손이 온도계 막대기를 많이 구부려 놓았다. 기상 캐스터는 앞으로 열흘 동안 일월의 최저 기온이 표시된 길고 푸른 막대를 가리켰다. 영하 8도, 영하 10도, 영하 6도, 영하 11도, 영하 5도. 그는 이미 모두 온몸으로 느끼고 있는 그 나쁜 소식을 거의 비명을 지르듯 전하고 있었다.

밀실 공포증을 피하기 위해 나는 최근 황무지에 도착한 흰올빼미 찾기를 매일 할 일로 정했다. 올빼미는 보통 땅 위의 둔덕에 흰 몸을 밝게 빛내며 앉아 있었다. 흰올빼미처럼 포유류 같은 새는 없다. 칠흑처럼 검은 두 눈과 구부정한 몸, 사람의 아기만 한 키가 그렇다. 나는 황무지에서 해변으로, 다시 습지로 흰올빼미를 따라가지 말았어야 했다. 이와 같은 백 년 만의 추위에 바깥을 나돌아 다니다니 말이다. 아니니 다를까 손가락 끝이 욱신거렸다. 어쩌면 체온이 내려가서는 안 되는 온도까지 떨어졌는지도 모르겠다. 나는 손가락을 입 안에 넣고 뚱뚱한 붕대 사이로 숨을 쉬며 집으로 돌아와 난로에 불을 붙이고 고통이 잦아들 때까지 두 손을 불꽃 가까이 대고 있었다.

텔레비전의 거의 모든 프로그램에서 즐거움을 찾지 못하고 소설을 읽을 만큼의 집중력도 없어서 나는 아버지가 크리스마스 선물로 주신 책을 집어들었다. 데미언 설스Damion Searls가 엮은 헨리 데이비드 소로의 『일기 1837~1861』였다. 그동안 그 책은 읽고 싶지 않았는데 내 기억 속 소로가 (고등학생 때 그에 대해 읽은 바에 따르면) 엄마 옆에 살면서 마치 아리스토텔레스처럼 콩을 기르던 지루하고 염세적인 작가였기 때문이었다.

나는 점점 견디기 고통스러워지는 이 추위를 그가 어떻게 묘사했는지 보고 싶어 겨울의 일기를 펼쳤다. '들판에 쌓인 눈의 표면은 여름의 바람이 휩쓸고 지나가는 바다의 꽤나 큰 파도 표면과 같다'고 그는 1852년 1월 22일의 일기에 기록했다. 내 부모님 집 앞에 펼쳐진 눈 덮인 들판에 대한 묘사로도 손색없었다. 나는 이상하게 익숙하면서도 시적인 그의 글들을 계속 읽게 되었고 갑자기 그 관찰자를 향한 유대감을 느꼈다.

'일월은 통과하기 가장 어려운 달이 아니던가?'라고 그는 한 세기하고도 반세기 전의 어느 날 일기에 썼다. 나 역시 그렇다고 생각했다. 정말이다. 너무나도 맞는 말이라고 나는 생각했다.

그래서 역사적으로 추웠던 그달의 습관이 이렇게 만

들어졌다. 흰올빼미를 찾고, 집에 돌아와 불을 지피고, 몇 페이지의 일기를 읽는 것이다. 불길이 타닥타닥 타는 것을 지켜보다 마약성 진통제의 효과로 몽롱해지면 잠이 들었다. 잠에서 깨면 몇 쪽의 일기를 더 읽었다.

그때 나는 무엇이 나를 기다리고 있는지 알지 못했다. 겨울의 토양 어딘가에 숨어 있던 진드기 애벌레가 오월쯤 풀밭으로 기어 올라와 설치류의 몸에 달라붙어 나선 모양의 라임병 세균을 빨아먹다가, 나중에 나한테 붙어 내 피에 그 세균을 집어넣을 거라는 사실을 말이다.

나는 상실의 크기를 과소평가했다. 내 몸에서 1센티미터 정도는 그리 크지 않다고. 하지만 슬픔은 처음 느꼈던 것보다 훨씬 커진다는 사실을 그때 알게 되었다. 나는 가끔 붕대를 풀고 원래 손가락 끝이었지만 지금은 없는, 피도 나지 않고 피부는 매끈해진 부위를 바라본다. 내 손톱에 남은 작고 흰 초승달을 '손톱반원'이라고 부른다는 사실도 알게 되었다. 꿰맨 자국 두 줄이 잘린 손가락 끝에 맞물려 있었다. 우리 신체에서 가장 놀랍고 유용한 도구인 손을 사랑하지 않는 사람이 있겠냐마는, 사랑했던 자신의 일부가 사라져 느끼게 되는 그 불쾌한 감정은 생각보다 더 불편했다. 나는 손의 해부도를 찾아보면서 손이 얼마나 많은 부분들로 이루어져 있는지, 작은 동물의 골격처럼 그 가늘고 긴 뼈에 얼마나 많은 작은 근육들이 촘촘하고 복잡하게 얽혀 있는지도 알게 되었다. 어쩌면 손이 내 몸의 독립적인 창조물과 같다는 사실을, 일부가 불구가 되고 나서야 깨달았다는 사실이 전부인지도 모르겠다.

'우울'이 그해 일월을 상징하는 단어는 아니었다. 그보다는 영혼이 야위고 수축되는 느낌이었다. 그에 대해서는 헨리가 1842년 겨울에 훨씬 더 잘 표현했다. '나의 영혼과 육체는 서로 걸려 넘어지고 비틀거리며 함께 흔들리고 있다.' 겨울과 상실에 대한 고전적인 묘사가 왜 그토록 위안이 되었던 것일까? 아마 결코 수그러들지 않을 날씨에 대한 인정 때문인지도 모르겠다. 헨리의 일기는 저녁 뉴스의 남자 기상 캐스터가 전해줄 수는 없는 날씨 예보였다. 영하의 날씨가 피부와 영혼과 집 안에 끼치는 영향에 대한 해석이었다. 1855년, 헨리는 이렇게 기록했다. '우리 온도계는 오전 아홉 시 영하 25도를 기록하고 있으며 다른 곳은 오전 여섯 시에 영하 27도, 뉴햄프셔주 고햄은 영하 34도라고 한다. 거리에 빈둥거리는 사람은 없으며 멀쩡하던 나무 수레의 바퀴가 갑자기 삐걱거리며 날카로운 비명을 지른다. 내 방 난로에서 1미터도 되지 않는 창문에 낀 성에가 하루 종일 녹지 않는다. …다섯 시에 산책을 나갔는데 살이 얼얼하게 추웠다. 얼굴이 마비되는 듯했다.' 그리고 다음 날 이렇게 썼다. '이만큼 기온이 떨어졌던 밤은 실로 오랜만이었다. …사람들은 무서워서 잠자리에 들지도 못했다. 제분소가 폭발한 것처럼 밤에 땅이 갈라지고 집 안 목재 또한… 손에 감각이 없어 단추도 잠그지 못하고 그대로 두어야 했다. 쇠붙이를 만지면 손에 불이 날 것 같았다. …추위는 시계도 멈춰 세웠다. …빵과 고기, 우유, 치즈 등 모든 것이 얼었다. …자물쇠도 성에로 하얗게 변했고 모든 문의 못대가리 등도 흰 모자를 썼다. …이 추위, 즉 어제 6일은 가장 추웠던 화요일로 기록될 것이다.'

그해 겨울, 기온은 계속 떨어졌다. 추위의 언어는 폭력의 언어다. 움켜쥐고, 부러뜨리고, 꼬집고, 마비시킨다. 기온 하강에 대한 두려움은 '춥다'가 형용사가 아니라 동사가 되는 방식으로 분명히 드러난다. 봄은 따뜻하고 여름은 덥고 가을은 서늘하다면 기온이 급강하하는 이 고통스러운 겨울의 날들은 어떻게 되는가? '언다'는 말은 어떤 종착점을 뜻하기 때문에 적절하지 않다. '춥다'는 형용사에 동사가 들러붙어 추위가 증폭된다. 날은 점점 '추워진다'. 시에라리온에서 걸려 온 친구의 전화에 나는 '날이 아직도'라고 말하고 잠시 쉬었다가, '추워지고 있어'라고 말했다.

우리는 추위에 감금당해 헨리처럼 행동할 수 있다. 스케이트를 신어보거나 못머리가 쓰고 있는 성에 모자에 감탄하는 식이다. 1854년 일월 말, 그는 추위에 다음과 같이 경의를 표했다. '지난 밤 아홉 시에 거리를 걷는데 살이 에이는 것처럼 추웠다. 추위가 얼굴과 귀에 달려 들었지만 별들은 더 환하게 빛났다. 창문은 간유리처럼 성에로 뒤덮여 있었다. 추운 겨울은 굶주린 개에게 던져주는 뼈다귀처럼 우리에게 던져졌고 우리는 그것의 정수를 빨아먹어야 한다. …겨울은 그야말로 젖이 마른 암소와 같고 손가락은 마비되며 아무것도 우리를 깨우지 못한다. 하지만 겨울은 아무 의미 없이 우리에게 주어진 것이 아니다. 우리는 온정으로 그 추위를 녹여야 한다. 춥고 힘든 계절이라면 그것의 열매는 당연히 더 농축되고 풍미가 좋을 것이다. …나는 일요일에 텅 빈 설교대에 올라 이렇게 말했던 미친 남자를 알고 있다. '우리는 가을 동안 옥수수와 감자를 충분히 얻었습니다. 이제 겨울을 노래합시다.' 그래서 나도 말한다. '이제 겨울을 노래하자.' 또 어떤 노래를 불러야 우리 목소리가 이 계절과 조

화로울 수 있을 것인가?'

이월이 왔다.

잘린 곳에는 흉터가 남았다. 절단은 아무것도 남기지 않았고 그 위에 끔찍하고 낯선 약간의 공기만 남겼다. 손가락 끝은 원래 모양과 조금도 비슷하지 않은, 뚜렷이 다른 낯선 모양이 되었다. 모든 손가락 끝은 작은 뱃머리가 길게 튀어나와 있는 것 같은 모습이다. 내 왼손 중지 끝에 튀어나와 있어야 할 뱃머리는 흉터와 이식된 피부로 뭉개져 어떻게 보면 안과 밖이 뒤집혀 있는 것처럼 보인다. 마치 가운데를 휘저어 소용돌이 모양으로 얼어붙은 것처럼.

왼손가락이 더 긴 편이었는데 얼마나 더 길었더라? 나는 오른손 중지 위에 1.5센티미터를 표시하고 거기에 왼손을 대 보았다. 정확히 1센티미터만큼 짧았다. 그후로 나는 1센티미터 정도의 물건들을 계속 의식하게 되었다. 초콜릿 바의 두께, 알약 하나, 쌓아놓은 동전, 데니스 존슨Denis Johnson의 책 『트레인 드림스Train Dreams』.

그해 봄, 어느 저녁식사 자리에서 나는 한 독일 여성 옆에 앉게 되었다. 그녀는 왜 붕대를 감고 있냐고 내게 물었다. 나는 보트에 대해 말해 주었다. 미끄러웠던 땅,

수술 자국과 금속판에 대해. 신경이 손상되고 마비되어 항상 불에 데인 것처럼 따끔하니 추위에 손가락 끝을 보호하기 위해 붕대를 감아야 했다고도.

그녀는 어깨를 으쓱하며 당신은 모든 손가락을 잃었을 수도 있었다고 말했다.

"글룩 임 운글룩Glück im Unglück." 그녀가 말했다. "불행 속에 행운이 있지요."

나는 동의했다.

불행 안에, 행운이 있다.

이렇게 말했어도 괜찮았을 것 같았다. '이제 겨울을 노래하자. 또 어떤 노래를 불러야 우리 목소리가 이 계절과 조화로울 수 있을 것인가?'

그로부터 몇 달 후, 나는 소로의 『케이프코드』를 주문했고 매일 밤 잠들기 전에 조금씩 읽기 시작했다.

알라가시:

자연은 수천 번 자신의 비밀을 드러냈다

작년에 야생화에 대한 책을 읽었는데 사람들이 쉽게 알아채지 못하는 한 가지 사실이 있다고 했다. 바로 밤에 피는 꽃은 대부분 희다는 것이다. 천 년이 넘는 시간 동안 어둠이 꽃의 기본 구조를 해체해 색의 대비를 완전히 없애버렸다. 또 밤에 피는 꽃은 진한 향기를 내뿜어 앞을 보지 못하는 수분 매개체들을 자신의 창백한 아름다움으로 이끈다. 그 부분을 읽으며 샌프란시스코에 살던 시절이 떠올랐는데, 다니던 출판사에서 퇴근을 하고 밤에 걸어서 집에 가다 보면 재스민 꽃이 보이기 한참 전부터 그 향기를 맡을 수 있었다. 한 블록을 지나는 동안 향기가 점점 진해지는 것을 느끼다 보면 결국 담장 너머 정원이나 전봇대 주변에 지천으로 피어 있는 하얀 꽃의 별들이 나타났다.

그때 나는 이십 대 중반이었는데, 헨리는 자신의 이십 대 시절에 대해 '우리의 의심은 너무나도 음악적이어서 스스로 속아 넘어간다'고 말했다. 나는 어떻게 살아야 할지 아무 생각도 없었고 집에서 해야 할 일도 없었으며 하루를 끝내고 돌아가야 할 곳도 없었다. 그래서 언제나 가장 먼 길로 돌아서 집에 왔다. 미션Mission을 한 바퀴 돌고 노 밸리Noe Valley까지 올라갔다 오다 보면 더 많은 재스민 꽃밭을 지날 수밖에 없었다. 아직도 기억나는 꽃이 하나 있는데 초등학교 건너편 인도로 흐드러지게 넘어와 피어 있던 그 꽃만 보면 꼭 그 아래를 지나갈 수밖에 없었다. 그것이 바로 밤에 아무도 몰래 이 꽃에서 저 꽃으로 꽃가루를 나르던 야행성 수분 매개자들의 느낌이었을까? 무책임함 속에서 느끼는 어떤 기쁨이었을까?

그것은 또한 내가 미끄러졌을 때 보트의 반대편을 들고 있던, 나중에 나를 노르웨이로 초대했던 존을 만날 때의 느낌이기도 했다. 존은 출판사에서 일했다. 그리고 삼촌의 보트에서 생활했다. 샤워는 요트 정박지에서 했다.

그 역시 나처럼 어른이 되기를 거부했다. 나는 만난 지 몇 주 만에 그를 가장 친한 친구로 여기기 시작했다.

십여 년이 지난 지금, 존은 레베카와 결혼해 뉴햄프셔 힐 타운에 있는 19세기 양식의 농장에 살고 있다. 개 한 마리와 닭들을 키우고 채소를 기르며 곧 첫 번째 아이가 태어날 예정이다. 그는 돌이킬 수 없는 안정과 훈장이라는 온갖 바윗덩이를 얹고 마침내 성인기에 도착했다.

어느 날 존과 통화하다가 내가 지금 소로의 메인주 여행에 대한 글을 읽고 있으며, 그 길을 따라가 볼까 생각 중이라고 말하자 존은 괜찮다면 자기도 같이 가고 싶다고 했다. 그래서 나는 어느 여름날 아침 그에게 전화해 1857년 메인주 최북단을 향해 떠났던 소로의 여정 중 알라가시에서 카누를 타던 부분을 함께하겠냐고 물었다. 거대한 호수 한가운데 필스베리Pillsbury섬이라는 곳이 있는데 그가 친구 에드와 페놉스코트Penobscot족 인디언 가이드 조 폴리스와 잠시 뇌우를 피해 있다 간 곳이었다.

"끝을 향한 여행이 될 거야." 내가 존에게 말했다. "소로가 걸었던 길의 끝이자, 아빠가 되기 전 네 삶의 끝이기도 하겠지."

존이 자기 카누를 들고 가겠다며 최대한 빨리 오라고 했다.

반딧불이가 모여 있던 들판

THE FIELD WHERE FIREFLIES GATHERED

제니와 나는 초저녁에 존과 레베카의 집에 도착했다. 우리는 근처 호수에서 다 같이 수영을 했다. 오래된 사과나무가 자라고 근처에서 개똥지빠귀가 노래를 불러주는 두 사람의 집 마당에서 맥주를 마셨고, 존이 텃밭에서 수확한 야채로 샐러드와 파스타를 만들어 저녁을 먹었다. 저녁을 먹고 차에 칫솔을 가지러 밖으로 나갔는데 집 앞 들판에 반딧불이가 가득했다. '반딧불이가 날아다니는 것 같았다'고 헨리는 168년 전에 이와 비슷한 밤을 보내며 기록했다. '반딧불이의 빛은 살아 있는 생명체가 만든다고 하기에는 유난히 밝게 빛나고 있었다.' 제니와 친구들은 집 안에서 이야기를 나누고 있었다. 나는 칫솔을 들고 마당 끝으로 걸어가 살아 있는 불꽃의 모습과 들판의 냄새와 등 뒤에서 들려오는 가족과 친구들의 목소리가 결코 잊지 못할 추억이 되어가고 있음을 느끼며 가만히 서 있었다.

다음 날 아침, 존과 나는 존의 트럭 지붕에 카누를 묶고 북쪽으로 아홉 시간을 달렸다. 포장 도로가 끝나고 길고 너른 소나무 늪지 사잇길로 캐나다 국경에서 100킬로미터 정도 떨어진 곳까지 달렸다. '알라가시 야생 운하'라고 쓰인 표지판이 우리를 반기자 입구 앞에서 속도를 늦췄는데 잠시 검문소에 들러 등록을 해야 한다고 했다. 우리는 차를 세웠다. 고개를 들어 보니 금발 곱슬머리에 패트리어트 저지를 입은 공원 관리 직원이 검문소 앞에서 담배를 피우며 우리를 보고 있었다. 우리 차가 멈추자 그녀는 담배를 손가락으로 가볍게 튕겨 끄고 나중을 위해 재떨이 위에 올려 놓았다.

우리는 검문소 안으로 들어갔다.

직원이 자기 책상 위에 있는 스물네 개들이 상자 안의 도넛을 권했다.

"오늘 아침 벌목꾼들이 갖다준 거랍니다." 우리가 작성해야 할 서류를 모아주며 직원이 말했다.

"괜찮습니다." 내가 말했다.

라디오에서 흘러나오는 기타 연주곡이 작은 검문소 안에 흐르고 있었다. 라디오 밑에는 오레오와 벌레 스프레이 진열대가 있었다. 나는 창밖으로 칙칙하고 휑한 주차장을 내다보았다. 텅 빈 길가의 상록수 잎에도 뽀얗게 먼지가 내려앉아 있었다.

"요즘은 캠핑하는 사람이 많이 없나 봐요." 내가 말했다. "팬데믹 때문에."

"엄청 많아요." 직원이 말했다. "이렇게 바쁜 적이 없었어요. 다들 그놈의 지긋지긋한 도시에서 탈출하고 싶은

가 봐요."

나는 고개를 끄덕이고 과자와 각종 물품이 진열된 곳으로 갔다. 그리고 가느다란 유기농 벌레 스프레이 한 통을 집어들었다.

"더 큰 게 필요하실 겁니다." 직원이 어깨 너머로 말했다. 그리고 진열대 아래쪽, 숲 그림 위에 '25퍼센트 보너스!'라고 쓰인 커다란 스프레이 캔을 가리켰다.

"사흘 일정이에요." 나는 그 캔을 들고 마치 '이건 엄청나게 거대하지 않나요?'라는 표정으로 웃으며 말했다.

"그게 가장 큰 거예요." 직원이 말했다. "걱정 말아요. 그거면 충분할 테니까. 더 필요하신 건?"

직원은 이틀 밤 캠핑 요금으로 123달러를 입력했다. 음식과 텐트, 카누에 차까지 가져온 캠핑에 말이다. 나는 다시 한번 가격을 물었다.

그리고 신용 카드를 건넸다.

"카드는 안 받아요." 직원이 말했다.

"안 받는다고요?" 내가 물었다.

"마을에 가면 현금 인출기가 있어요."

"마을이요?" 내가 다시 물었다. 오는 길에 마을은 못 본 것 같았다.

"밀리노켓이요."

"그렇게 멀리요?"

"남쪽으로 한 시간 반 정도요." 직원이 말했다.

"한 시간 반이요?"

나는 침묵 속에서 누가 캠핑을 갈 때 백 달러가 넘는 현금을 들고 다니는지 궁금했고, 얼마나 많은 사람이 요금을 내기 위해 세 시간을 더 달려야 했을지 궁금했다.

존이 차에 수표책이 있다고 말했다.

"차에 수표책을 들고 다녀?" 내가 물었다.

"뉴햄프셔에는 신용 카드 안 받는 곳이 많아." 그가 말했다.

"개인 수표는 받아요." 직원이 존을 보고 웃으며 말했다.

헨리의 기록에 따르면 '알라가시Allagash'는 미국에서는 동물의 소변 냄새가 나는, 유럽에서는 유명한 독약(이자 다른 종류의 나무)으로 쓰이는 '송솔나무 껍질'이라는 뜻이다. 헨리는 '미국의 소식을 결코 듣지 않으며 살다가 죽을 수 있는 장소'가 있을지도 모르기 때문에 그곳 알라가시로 갔다고 기록했다. 하지만 19세기에 알라가시 야생 운하 주변에 살던 벌목꾼들과 사냥꾼들도 분명 미국의 소식을 들었다. 헨리가 그곳에 가기 전, 벌목꾼들은 북쪽으로 흐르던 강이 남쪽으로 흐르도록 160킬로미터에 달하는 강의 물줄기를 바꿨는데 이는 캐나다 국경으로 떠내려가는 목재에 대해 캐나다(영국)에 납부해야 하는 세금을 피하기 위해서였다. 어쩌면 그들도 미국과 미국의 한계에 대해 헨리가 달아나고자 했던 도시의 그 누구보다 더 잘 알고 있었는지도 모른다.

헨리의 『메인 숲』을 처음 읽은 건 대학생 때 자연 수필에 관한 수업에서였다. 그때 어느 한 부분이 머릿속에 깊이 각인되었는데, 이 여행을 계획하며 그 책을 다시 읽다가 그 부분을 발견하고 몹시 행복했다. 한밤중에 헨리는 아마 소변을 보기 위해 잠을 자던 곳에서 몇 걸음 떨어진 곳으로 혼자 갔다가 발밑에서 밝게 빛나는 반지를 보고 깜짝 놀랐다. 그것은 '완벽한 타원 모양 빛의 고리로 최소 직경이 5인치, 최고 직경이 6에서 7인치에 폭은 8분의 1에서 4분의 1인치였다. 모닥불만큼 밝지만 석탄처럼 붉거나 주홍빛을 띠지는 않았고 반딧불이가 내뿜는 빛처럼 희고 나른한 빛이었다. 그 흰빛 때문에 모닥불이 아니라는 것을 알 수 있었다.' 그다음 부분은 독자들도 읽어볼 만하므로 본문을 첨부한다.

나는 그것이 바로 자주 들었지만 한 번도 본 적은 없는 인광성 나무가 틀림없다는 생각이 들었다. 약간 주

저하다 손가락을 얹어 보니 그것은 (조 폴리스가) 전날 밤 방향을 표시하기 위해 꺾어놓은 죽은 무스 나무 조각이었다. 내 칼로 살펴보니 그 빛은 껍질 바로 밑에 있는 백목질 부분에서 나오고 있었고 그래서 끝부분에서 동그란 고리 모양의 빛으로 보이는 것이었다. 빛은 나무보다 약간 위에서 빛나는 것처럼 보였는데 나무껍질을 벗기고 백목질이 드러나게 하자 나무 전체가 환하게 빛났다. 나무는 단단하고 튼튼해 보였지만 백목질 부분은 놀랍게도 이미 썩기 시작하고 있었다. 나는 나무를 작은 삼각형 조각으로 잘라 손에 들고 야영지로 돌아가 동료들을 깨워 보여주었다. 나무 조각들은 손바닥 안에서 빛나며 손금과 주름을 드러냈고 다 타서 백열 상태가 된 석탄처럼 보였다. 덕분에 나는 불타는 석탄을 입에 넣는 척했던 인디언 마술사들이 어떻게 자기 부족과 여행자들을 속였는지 알게 되었다. …그것이 문자나 사람의 얼굴 형태였다고 해도 그보다 더 짜릿할 수는 없었을 것이다.

나는 반딧불처럼 하얗게 빛나는 나무 조각을 손에 들고 있는 헨리의 모습을 오랫동안 기억하고 있었고 그의 글에 대해 토론할 때마다 이를 떠올렸다. 빛나는 나무를 들고 야영지로 돌아가는 그의 모습이 바로 그가 담고자 하는 의미를 정확히 드러내는 비유이자 그가 쓴 글들의 정수일지도 모른다. '이것을 봐!' 나는 그가 일기에서 이렇게 말한다고 느꼈다. '너무 멋지지 않은가!' 그래서 나 역시 숲에서 충분한 시간을 보내면 그처럼 특별한 것을 찾을 수 있을지도 모른다는 유혹에 빠진 것이다.

검문소를 지난 후 존과 나는 길을 잘못 들었다가 무스 두 마리와 검은 곰 한 마리를 보았고 그러다 필스베리섬이 있는 호수로 이어지는 강가에 몹시 늦게 도착했다. 하지만 때는 최북단의 여름이었다. 자정 두 시간 전에야 땅거미가 졌다.

우리는 트럭에서 카누를 내려 가방과 음식과 노를 넣은 카누를 밀며 물속으로 걸어 들어갔다. 설거지용 물 같은 따뜻한 물이 종아리까지 차오르자 장거리 운전으로 인한 긴장이 풀리는 듯했다. 노를 젓기엔 강이 너무 얕아서 우리는 호수에 도착할 때까지 수면에 떠 있는 카누 옆에서서 걸었다.

열대우림처럼 빽빽한 상록수와 나뭇잎들이 강가에 커튼처럼 드리워져 있었다. 하늘의 노을이 수면 위에 미끄러져 누워 있는 것 같았다. 이끼가 가득 자란 초록 공터와 머리 위로 드리워진 떡갈나무와 소나무 가지가 숲의 표본과도 같은, 마치 연극 무대 속 숲을 걷는 듯한 느낌을 선사했다. 강물은 얼마나 신중하게 우리를 이끌고 있는지. '재빨리 번지는 이끼가 있을 때 길을 식별하는 것은 불가능한 일이다'라고 헨리는 이 근처의 여정에 대해 기록했다. '두꺼운 카펫처럼 모든 바위와 떨어진 나뭇가지들은 물론 땅 전체를 뒤덮기 때문이다.'

개울을 따라 내려가는데 두 손을 마주 잡은 것만큼 큰 개구리가 바위 위에 앉아 있었다. 우리는 카누를 멈추고 둘 다 개구리를 가리켰다. 상류 쪽으로 앉아 있던 개구리는 우리가 한두 발자국 거리까지 다가갔는데도 도망가지 않고 저녁노을을 맞으며 빛나고 있었다.

"꼭 보초병 같네." 존이 말했다. "황소개구리겠지?"

나는 개구리야 잘 모르지만 지금까지 본 것 중 가장 크긴 하다고 말했다.

야생 동물이 나를 바라보아도 좋다는 듯 가만히 있을 때 특별하다는 느낌을 받지 않기는 힘들 것이다. 그 동물은 아마 보통의 위험한 한 인간이 아니라 특별한 한 사람으로서의 '당신'을 보고 있을 것이다. '나는 당신이 나쁜 짓을 하지 않을 것이라고 믿는다'가 내 발치에 꼼짝 않고 앉아 있는 개구리의 뜻일 것이다. '그래서 나는 당신과 지

강가의 황소개구리

BULLFROG ON RIVER PATH

척에 앉아 있을 것이다. 물론 당신의 발보다 더 작은 나의 몸이, 그리고 당신이 일기장 사이에 끼워놓은 연필보다 더 얇을 나의 뼈가 짓이겨질 수도 있을 것이다. 당신은 돌멩이를 들고 있을지도 모르지만 나는 그렇지 않다고 생각한다.' 어쩌면 자연으로 들어가며 내가 원했던 것은 보는 것이 아니라 보여지는 것인지도 모른다. 성유聖油를 받는 것인지도 모른다.

숲과 개울과 터널을 빠져나와 마침내 드넓게 펼쳐진 호수에 도착하자 우리는 카누에 올라타 필스베리섬을 향해 북쪽으로 노를 저었다. '매우 기분이 좋았던 여행의 완벽한 순간이었다'고 헨리는 뭍에서 내려와 강을 타고 내려갈 카누에 첫발을 올려놓은 바로 그 순간에 대해 기록했다. '이 경사진 거울을 따라 산 아래로 구불구불하게 내려가는 길 양쪽은 모두 상록수 숲이었으며, 물가에 높이 솟은 창백한 소나무가 간혹 물 위로 절반쯤 드리워져 곧 물을 건너는 다리가 될 상이었다.'

우리는 금속처럼 푸르른 땅거미 아래로 미끄러지듯 나아갔다. 호수의 밑바닥은 우리보다 37미터 정도 아래에 있을 것이고 바로 그곳에서 물은 색을 잃고 까맣게 변했다. 노 젓는 소리와 물살이 카누에 부딪혀 울리는 소리에 주변의 고요함이 더 날카로워졌다.

'강 건너 너른 목초지에서 황소가 재채기하는 소리가 들렸다'고 헨리도 이곳의 고요함에 대해 기록했다.

나는 짙어지는 어둠 뒤에 섬이 보이는지 눈을 찌푸려 보았다. 섬은 호수 가장자리에 튀어나와 있는 작은 송솔나무 언덕들 뒤, 아마 북쪽에 숨어 있을 것이다. 우리는 유리가 차가워지듯 대기가 푸른빛을 잃고 반투명해져 그 너머의 별들을 보여줄 때까지 한 시간 정도 카누를 탔다.

이글Eagle 호수는 처음에는 헨리의 메인주 여행 북쪽 끝의 장소로 유명했다. 그리고 나중에는 외계인의 납치 장소로 유명해졌다.

1976년 8월이었다. 보스턴에서 온 네 명의 예술가 친구들이 며칠 동안 알라가시로 낚시 여행을 떠났다. 캠핑 첫날 밤, 그들은 수평선의 나무 위에서 빛나는 원을 보았다. 원은 다양한 색으로 깜빡이다가 사라졌다. 나중에 확인해 보니 그곳에 있던 다른 사람들도 나무 위에서 이상한 빛이 깜빡이는 것을 보았다고 했다. 하지만 그것이 무엇인지는 아무도 몰랐다.

다음 날 밤, 친구들은 모닥불을 피우고 이글 호수에 카누를 띄워 밤낚시에 나섰다. 깜빡이는 불이 이번에는 그들과 훨씬 가까운 호숫가에 다시 나타났다.

"카누 뒤에 있던 제가 가장 먼저 발견했습니다." 그들의 이야기가 어느 정도 유명해진 후 일행 중 한 명이 <조안 리버스 쇼The Joan Rivers Show>에서 말했다. "누군가 저를 쳐다보고 있는 느낌이었습니다. …오른쪽 어깨 뒤로 고개를 돌려보니 동그란 불빛이 있었습니다." 그는 밤하늘에 마그마 한 방울이 떨어진 것 같은 그림을 그려 보여주기도 했다. "언뜻 보면 액체 같았는데 색이 빨강에서 초록으로, 다시 밝은 노랑과 흰색으로 변했습니다." 2층 건물 크기에 완벽한 동그라미 모양이었다. "누구라도 입이 떡 벌어졌을 겁니다." 다른 친구가 말했다. 그들은 카누를 멈추고 나무 꼭대기로 드리워진 빛을 다 같이 바라보았다. 그때 빛이 호수 위의 그들을 향해 움직이기 시작했다. 빛이 수면을 때리며 자신들을 향해 속도를 높였다고 그들은 말했다. 노를 저어 빛에서 달아나려 했지만 불가능했다.

다음 순간 그들이 기억하는 것은 마치 물에서 잠이 들었다 깬 것처럼 캠프장 옆으로 돌아와 있었다는 것이다. 고개를 들자 동그란 빛을 마지막으로 한 번 더 볼 수 있었다. 그중 한 명이 말했다. "빛은 몇 초 만에 하늘로 올라가 별이 되었습니다. 수평선 남서쪽으로 움직이다가 갑자기 눈앞에서 사라졌습니다.”

카누는 어떻게 뭍으로 옮겼을까? 그들은 앉아서 생각했다. 모닥불이 있는 곳으로 가 보니 몇 시간이 지난 것처럼 모두 재가 되어 있었다. 그렇게 오랜 시간이 지났다고? 그들은 생각했다. 십이 년 후, 네 사람 모두 최면을 받았고 그들의 대답은 다음과 같았다. 조안 리버스가 자신의 쇼에서 그들을 소개하며 말했던 것처럼, 빛이 수면으로 쏟아질 때와 다시 뭍에서 깨어날 때 사이에 “그들은 우주선으로 납치되어 외계인들의 각종 생체 실험 대상이 되었습니다”. 팔다리를 결박당한 채 발가벗고 누워 있었다고 그들은 말했다. 손가락이 네 개고 눈이 커다란 타원형이던 외계인들은 그들을 만지며 그들의 몸을 분석했다. “어떤 도구로 제 성기에 뭔가를 했던 걸 기억합니다.” 그중 한 명이 조안에게 말했다. “굴욕적이었습니다.” 다른 친구도 덧붙였다.

몇 년이 지난 후 네 사람 중 한 명이 이상한 빛을 보긴 했지만 납치 부분은 날조된 것이라고 말했다. 그는 또한 자신들이 약에 취해 있었다고도 했다. “잭이 대마 성분이 담긴 환을 가져와 다 같이 먹었던 걸 기억합니다. …맞아요. 호수로 나가 그 광경을 보기 전에 우리는 분명히 약에 취해 있었습니다(나머지 세 명은 약을 하지 않았다고 부인했다).”

그들의 이야기를 곧이곧대로 믿기는 힘들지만 그 잠깐의 목격에 낯선 진실은 존재하며 이는 헨리 데이비드 소로의 독자들에게는 분명히 보일 것이다. 헨리 또한 알라가시 하늘에 떠다니는 설명할 수 없는 불빛에 대해 묘사한 적이 있기 때문이다.

헨리는 푸른빛의 고리에 대해 동료에게 말한 후 이렇게 기록했다. '다음 날 조가 말해주었는데 그들은 그 빛을 '아르투소쿠artoosoqu'라고 부르며, 그것이 혹시 도깨비불이나 그것과 비슷한 현상이냐는 나의 물음에 그는 자기 '부족' 사람들은 가끔 다양한 높이에서, 심지어 나무 위로도 소리를 내며 지나가는 불을 종종 본다고 말했다. 나는 '그의 부족'들이 목격한 놀랍고 상상할 수 없는 현상들에 대해 귀를 바짝 세우고 들었다. 그들은 백인들이 잘 다니지 않는 온갖 장소를 어느 계절이든 밤낮을 가리지 않고 다니는 사람들이었다. 자연은 우리에게 여전히 비밀스러운 모습을 그들에게는 수천 번 드러냈던 것이 틀림없다.'

보스턴의 네 친구들이 본 것은 그렇다면 거대한 도깨비불이었을까? 공중에 떠서 활활 타는 푸른, 혹은 붉은, 혹은 초록빛의 그 드문 현상? 그들은 '다양한 높이로, 심지어 나무 위로도 소리를 내며 지나가는 불'을 우주선으로 오해했던 것일까? 아니면 그 반대일까? 헨리가 들었다는 그 떠다니는 불은 19세기 기술을 훨씬 능가하는 우주선이었기 때문에 떠다니는 불로밖에 묘사할 수 없었던 것일까? 나는 헨리가 묘사한 것과 비슷한 페놉스코트족 이야기를 직접 찾아보다가 조 폴리스가 살았던 메인주 올드타운 출신의 페놉스코트족 연구 학자 조셉 니콜라Joseph Nicolar가 1893년에 출간한 책을 한 권 찾았다. 니콜라는 그 책에서 형태가 바뀌는 아비새(암컷)와 백조의 싸움을 목격한 사람들의 이야기를 들려주었다.

사람들은 산 위에 서서 '북쪽에서 빠르게 날아오는 흰 아비새를 보았는데 그 새는 죽은 백조가 누워 있는 곳의 반대편에 도착해 평소처럼 빙빙 돌더니 아주 높은 곳에서 움직이지 않고 몇 초 동안 가만히 있다가 거대한 불덩어리로 변해 순식간에 물속으로 떨어졌다. 새가 물에 빠질 때 굉음이 나며 땅이 흔들렸다'. 니콜라도 그것이 지구에 처음 온 인간의 이야기라고 생각했다. '밤이 되어 구름이 나를 데리고 어둠 속으로 들어가니 어둠 가운데서 한 음성이 내게 말하기를 '어둠 속에서도 내가 너와 함께 있으리라.' 그 말씀이 구름에 빛을 가져왔고, 나를 데려온 구름은 불덩어리 같았고, 그 불덩어리가 밤의 어둠을 지나며 우리에게 빛을 주었으며, 밤의 어둠이 지는 해를 향해 다가갈 때 해가 떠오르며 낮의 빛이 왔다. 그러자 구름은 하얗게 변했고 불의 빛은 사라지고 없었다.'

아마 메인주 원주민들은 벌목꾼들이나 헨리 데이비드 소로가 그곳에 오기 훨씬 전부터 은하수 끄트머리에서 온 방문객들이 늙은 소나무들 위에서 맴도는 모습을 봤었는지도 모른다. 밤하늘에 떠다니며 우주선처럼 사람을 태우고 하늘에서 떨어지는 불덩어리 같은 니콜라의 불 구름 이야기에는 초자연적인 어조가 있다. 하지만 가장 그럴듯하고 가장 비극적인 오해는 바로 다음과 같다. 주말 낚시 여행을 떠난 네 친구는 '상상할 수 없는' 현상을 목격한 행운아들로 자연이 그들에게 모습을 드러내며 이 지구에서 가장 귀하고 자연적인 광경을 보여주었는데, 그들은 대마초와 달 착륙 이후의 시대에 살았다는 이유로 그것을 보지 못했다는 것이다.

헨리는 빛을 내던 나뭇조각에 대해 이렇게 기록했다. '과학은 잠시 제쳐놓고 마치 동료 생명체라도 되는 듯 그 빛에 몹시 기뻐했다. 그 빛은 너무 훌륭했으며 대단한 노력이 없이도 얻을 수 있다는 사실이 너무 기뻤다. 과학적 설명이라는 것도 거기에는 전혀 어울리지 않을 것이다. 그것은 어렴풋한 대낮의 빛을 위한 것이다. 과학적 반박에 귀를 기울였다면 나는 잠에 빠졌을 것이다. 그것은 내가 나아지고 있음에 무지할 수 있는 기회였다. 덕분에 나는 눈이 있으면 볼 수 있는 무언가가 존재한다는 사실을 알게 되었다. 나는 전보다 믿음이 강해졌다. 숲은 주인이 없는 것이 아니라 나와 같은 정직한 영혼들로 언제나 가득 차 있다고 믿게 되었다. 숲은 화학이 저절로 작용하는 텅 빈 방이 아니라 누군가 살고 있는 집이라고 믿게 되었다. 그리고 짧은 순간 나는 그들과의 유대감을 즐겼다.'

네 친구들이 하고 싶었던 말도 바로 그것이었을까? 그들도 잠깐 동안 인간 이상의 무언가와 유대감을 나눴을까? 인류가 오랫동안 알아왔듯이, 우리는 야생의 끝에 도착할 때, 산업 혁명과 철길, 삼림 벌채, 그리고 자동차의 반대편에 도착할 때, 우리가 모른다고 할 수 있는 장소들이 얼마 남지 않았을 때 무엇을 하는가? 우리는 인간이기 때문에 증거의 부재에도 불구하고 자신의 관점을 넘어선 무언가가 존재한다고 믿는다. 다음 생을, 신성함을, 괴물이나 바다뱀을, 문화적 유토피아를 말이다. 천국이나 지옥이나 환생이 우리가 보통 떠올리는 모습으로 존재하는지 확인할 수 없지만, 기이한 현상들로 가득한 '물리적 공간'이 우리에게 필요하다고, 혹은 그곳에 도달하기 위해 우리가 노력하고 있다고 생각한다. 아주 오랫동안 야생이 그 공간을 채워주었다.

19세기 유럽에서 건너온 사람들은 미국 서부에 털이 빼곡한 매머드가 여전히 풀을 뜯고 있다고 생각했다. 빅토리아 시대에는 요정 이야기가 유행했다. 하지만 그 야생이 기록되고 촬영되고 정리된 후 메인주의 가장 깊고 깊은 숲속 한가운데 들어오게 되면, 우리를 능가하는 미지의 공간에 대한 인간의 욕구를 만족시킬 수 있는 방법은 어쩌면 하나뿐이다. 바로 하늘을 올려다보는 것이다. 1976년 외계인들에게 납치당하는 일은 1857년 야생의 위엄 앞에 바짝 엎드리는 일과 마찬가지였을 것이다. 그 두 물줄기의 시작점은 같다. 바로 사람들로부터 벗어나는 것, 이 세상으로부터 벗어나는 것이다. 헨리는 도시에서 달아나고 싶어 했다. 알라가시의 네 친구들은 이 지구 자체에서 벗어나고 싶었을 것이다.

'이제라도 썩은 나무 안에 사는 빛을 알게 되어 기뻤다'라고 헨리는 그날 밤 찾은 빛나는 나무에 대해 기록했다. '나는 그 나뭇조각들을 간직했다가 다음 날 밤 다시 물에 적셔 보았지만 빛은 나오지 않았다.' 불가능해 보이는 것, 평범함의 한계를 넘은 것, 인류를 넘어서는 것을 발견하면 어떻게 할 것인가? 누구나 헨리처럼 그것을 잘라 손에 들고 야영지로 돌아가 친구들에게 보여줄 것이다. 알라가시의 네 친구들처럼 모든 사람들에게 자신의 경험을 증명하려 할 것이다.

네 친구들 중 셋은 여전히 미확인 비행물체 컨벤션에 참석하면서 눈이 아몬드 같은 창백한 외계인들에게 조사를 받았다고 주장한다. 하지만 이는 아침에 젖은 나무를 들고 손바닥 위의 그 갈색 나뭇조각이 한때 너무 밝게 빛나 손바닥의 주름도 비춰 볼 수 있었다고 세상을 설득하려는 것과 비슷한 느낌이지 않을까.

호수가 어둠에 완전히 뒤덮인 후, 나는 존과 함께 노를 저으며 하늘에서 어떤 빛을 볼 수 있길 기도하는 심정으로 가끔 머리 위를 올려다보았다.

호주에서 발견된 어느 화석에 따르면 파리는 약 사천만 년 전에도 살았으며, 이는 파리가 최초의 인간 역시 괴롭혔을 거라는 뜻이다.

섬을 향해 노를 저어 가는 동안 흑파리가 등과 목에 달라붙었다. 내 티셔츠를 뚫고 허리를 물었는데 제니는 나중에 그 자국을 보고 '울퉁불퉁한 라자냐' 같다고 했다. '처음으로 흑파리 때문에 엄청난 고생을 하기 시작했다'고 헨리는 7월 27일, 필스베리섬에 도착한 후 기록했다. '아주 작지만 모양만은 완벽한 그 검은 파리는 10분의

1인치 크기다. 처음에는 몸으로 느꼈고 다음에는 눈으로 확인했는데 내가 이 어두운 숲길의 평소보다 더 넓고 불확실한 갈림길 옆에 앉아 있으니 내 주위에 떼를 지어 몰려와 있었다. 흑파리에 대한 사냥꾼들의 피비린내 나는 이야기도 있는데, 자기도 모르는 사이 흑파리가 목 주위에 둥그렇게 붙어 있다가 목을 닦으면 수많은 파리가 피를 뿌리며 날아갔다고 한다. 하지만 뱅고르의 어느 사려 깊은 이가 준비해 준 약이 배낭 안에 있다는 게 생각나 재빨리 그것을 꺼내 얼굴과 손에 발랐다. 막 바르고 이십여 분은 효과가 좋아서 흑파리뿐만 아니라 그 어떤 곤충도 달려들지 않아 기뻤다.'

나는 거대한 벌레 퇴치제를 꺼내 단색 스프레이 페인트를 뿌리듯 팔다리에 빈틈없이 뿌렸다. 스프레이 냄새가 호수 위를 떠돌던 달콤한 소나무 향을 없애버렸다. 이제 화학 약품 냄새밖에 나지 않았다. '약을 바른 곳에는 벌레들이 달려들지 않았다'라고 헨리도 말했다. '약은 올리브유와 테레빈유, 그리고 약간의 스피어민트 오일과 장뇌를 섞은 것이었다. 하지만 나는 결국 병보다 약이 나쁘다는 결론을 내렸다. 얼굴과 손에 이런 기름 혼합물을 바르고 있으니 몹시 불쾌하고 불편했다.'

존도 헨리와 비슷한 생각을 했다. 스프레이를 뿌리지

않았지만 벌레들에게 거의 물리지도 않았다.

우리는 가느다란 달이 떠 있는 섬의 기슭에 도착했다. 우리가 카누를 댄 곳 근처의 바위에 또 다른 황소개구리가 흐린 달빛을 맞으며 앉아 있었다. 이 여정의 시작과 끝에서 개구리를 만났고, 그 사이에 다른 개구리는 한 마리도 보지 못했다.

야영지에 도착해 손전등으로 작은 갈색 표지판을 비춰 보았는데 놀랍게도 '소로'라고 적혀 있었다. 나는 『메인 숲』에 기록된 여정을 지도와 비교하고 지형을 확인하며 그의 뒤를 따라 결국 필스베리섬에 도착한 것이다. 나는 숲을 탐험하면서 그가 갔던 최북단에 도착한 것이 자랑스러웠고 그래서 그 표지판을 바라보며 대단함과 실망감을 동시에 느꼈다. 존과 나는 섬을 제대로 찾아온 것뿐만 아니라 국립공원 관리소가 판단하기에 헨리가 야영을 했던 바로 그 장소에 도착한 것이다. 하지만 내가 알라가시 야영지들의 이름만 살펴보았어도 엄청난 시간이 절약되었을 것이다.

"자," 내가 존에게 말했다. "잘 도착한 것 같은데."

우리는 짐을 풀고 옷을 벗고 호수로 들어갔다. 존은 멀리 헤엄쳐 갔다. 나는 섬 가까이 발이 닿는 곳에만 서 있었다. 물이 가슴까지 올라와 등과 팔과 목의 피를 씻어 주었다. 그러다 내가 지금 호숫물에 벌레 퇴치제를 씻어 내고 있다는 사실을 깨닫고 호수에서 나왔다. 이 깨끗한 물에 가장 처음 한 일이 오염 물질과 내 피를 더한 것이라니 몹시 부끄러웠다.

야영지의 풀밭은 식물원에서만 보던 그런 종류였다. 물속에서 자라는 풀처럼 부드럽고 약했다. 초록 액채가 풍성하게 물결치는 것처럼.

'가문비나무와 측백나무 가지를 더듬어 찾아 잠자리를 만들었다.' 헨리는 숲속에서의 취침에 대해 이렇게 기록했다. '향 때문에 측백나무가 더 마음에 들었는데 어깨 부분에는 특히 더 두껍게 깔았다. 이처럼 폭풍이 몰아치기 전날 밤, 숲을 여행하다가 야영지에 도착한 여행객이 느끼는 순수한 만족감은 필히 놀라울 것이다. 마치 여인숙에 들어가서 담요로 몸을 감고 얇은 솜이불에 전나무 가지가 떨어져 있는 침대에 누운 채 둥지 속의 들쥐처럼 포근하게 몸을 뻗을 것이다.'

첫날 밤은 풀밭에서 잤다. 오래 운전하고 호수에서 노를 젓느라 피곤해서 빨리 잠에 들었다.

아비새 두 마리가 서로 노래를 주고받는 바람에 깼는데 그 노랫소리는 어린 시절 처음 들었을 때만큼 신비롭고 인상 깊었다. 헨리는 이글 호수에 들어서기 전날 밤, 이렇게 기록했다. '한밤중에 우리가 호숫가에 누울 때마다 저 멀리 호수 너머에서 아비새의 노랫소리가 크게 들려왔다. 보통의 새소리와 달리 몹시 야성적인 소리로 여행자가 머무는 장소와 환경에 퍽 어울렸다.'

그 소리는 정말 새소리 같지 않았는데 소리가 너무 크게 울리고 멀리 퍼지고, 어쩌면 헨리가 말했던 것처럼 너무 사람이 내는 소리 같았기 때문일 것이다. '이 소리를 들으며 몇 시간이고 깨어 있을 수 있을 것 같았다'라고 헨리는 말했다. '너무 흥미로운 소리였다. …아비새의 그 소리는 웃는다기보다 울부짖는 소리라고 할 수 있었는데, 길게 끄는 그 소리가 가끔 내 귀에는 이상하게 꼭 사람의 소리처럼 들렸다.'

작은 동물이 그토록 음악 같고 오페라 같고 악기 같은 소리를 낼 수는 없을 것이다. 마치 협곡에서 연주하는 플루트 같은. 울부짖는 소리가 널리 퍼지는 것은 나무로 둘러싸여 있는 호수의 단단한 표면 때문이기도 할 것이다. 마치 북의 가죽처럼. 호수는 소금기가 없다는 점만 바다와 다른 것이 아니다. 어두운 물 색깔과 서식하는 동물만 다른 것도 아니다. 호수는 종bell과 같다. 헨리는 그 호수에 대해 이렇게 기록했다. '숲이 기슭에서 그렇게 멀리 떨어져 있는 것은 드문 일이기에 숲에서 들려오는 메아리가 꽤 컸다. …나는 메아리를 깨우기 위해 고함을 쳤다.'

풀밭에 누워 아비새의 소리를 듣고 있는데 더운 바람이 밀려와 나무에 부딪혔다. 담수의 진한 냄새가 나를 지나갔다. 어둠이 너무 짙어 새롭게 보이는 별들의 무리 중 내가 알던 별자리를 찾을 수 없었다. 은하수가 머리 위 상록수들의 실루엣을 흐릿하게 만들었다.

잠들기 전에 꿈을 기억해야 한다고 계속 생각했지만 그날 밤에는 아무 꿈도 꾸지 않았다.

1857년의 그 여행은 헨리의 다른 두 차례 메인주 여행보다 훨씬 위험했다. 그가 기록했던 것들 때문이 아니라 그가 기록하지 않았지만 그곳에서 보낸 십삼 일의 여정 동안 수면 아래서 흔들리던 것들 때문이었다.

사건은 헨리가 1857년 7월 20일 뱅고르에 도착했을 때 시작되었다. 그는 메인주 여행 에이전트이자 사촌의 남편이었던 조지 대처에게 가이드를 소개받을 예정이었다. 조지는 뱅고르 외곽에 살고 있는 페놉스코트족 가이드 조 폴리스를 소개해 주었다. 헨리가 기록한 첫 번째 대화에 따르면 헨리와 조지가 찾아갔을 때 조는 사슴 가죽을 벗기고 있었는데 대화를 하면서도 일을 멈추지 않

그 섬의 풀과 소나무

GRASS AND PINE, THE ISLAND

았다. 헨리의 가이드가 되어주기로 했지만 식물학자에게 메인의 꽃들을 보여주고 싶어서는 아니었다. 헨리에 따르면 '그의 형이 일이 년 전쯤 나의 친척(조지 대처)과 숲으로 들어갔는데 후자가 그에게 무슨 짓을 했는지 물었지만 대답이 없었고 그는 돌아오지 않았으며 그 후로 그를 본 사람도 소식을 들은 사람도 없었기 때문이라고' 했다. 조는 헨리의 가이드가 되어 사라진 형을 찾을 생각이었다.

헨리는 조지가 조에게 대답을 했는지, 조지가 사라진 형의 생사를 알고 있었는지의 여부에 대해서는 기록하지 않았다. '후자가 그에게 무슨 짓을 했는지' 부분에 대한 기록은 불편하고 불가피하게 폭력적이었다.

그 후로 숲에서의 이 주 동안 헨리는 조의 수색에 동조하지는 않았지만 가끔 그에 대해 언급은 했다. '인디언은 한 집에 들러 일이 년 동안 돌아오지 않는 형에 대해 물었다'고 여정의 절반쯤 지났을 때 헨리는 기록했다. 또 한번은 '우리가 가는 길 가까이 막다른 공터에 통나무집이 한 채 있었고 인디언은 그 집에 혼자 들어갔다. 그 집에는 한 캐나다인과 그의 식솔이 살고 있었으며 그는 일 년째 앞을 보지 못한다고 했다. 자기 대신 앞을 봐줄 사람이 별로 없는 곳에서 시력을 잃은 것을 보면 특별히 운이 없는 것 같아 보였다. 그는 개를 앞세워 그 시골을 벗어나지도 못하고 밀가루 포대처럼 소극적으로 급류에 휩쓸려 갈 수밖에 없을 것이다.'

조는 형을 찾지 못했고 그에 대한 소식을 들었다고 해도 헨리는 기록하지 않았다. 나는 헨리가 그 일에 그저 관심이 없었을 거라고 단순하게 생각하기도 했다. 그는 콩코드 사교계 인사부터 야생 가이드에게까지 쓴소리를 가리지 않았으니 말이다. 그는 간혹 사람들에 대해 잔인하거나 냉정한 태도로 글을 썼다. 『케이프코드』에서 프로빈스타운의 거리를 걸을 때 '거친, 그리고 장래성 없다고 여겨질 지능의 표본을 발견하고 기분 좋게 실망했다'고 했던 것처럼 말이다.

하지만 조 폴리스에 대해 기록하는 방식은 달랐다. 그는 조를 '야수'라고 불렀고 그가 쓰는 영어를 조롱했다. 세 사람이 작은 텐트 안에 모여 후두두둑 떨어지는 빗소리를 들으며 잠을 청할 때 조가 헨리와 에드에게 노래를 불러주었는데 그 다정한 순간에 대해 헨리는 이렇게 기록했다. '(그 노래에는) 아름다운 단순함이 있었는데 어둡고 야만적이지는 않았지만 온화하고 유치하기만 했다.' 세 사람이 만을 건널 때 조가 눈앞에 보이는 산의 전설을 들려주겠다고 하자 헨리는 이렇게 대답했다. '인디언은 마치 할 만한 가치가 있다는 듯 그런 이야기를 하지만 제대로 말하지도 못하고 어눌하고 장황한 말투와 전염되길 바라는 어리석은 궁금증으로 그 부족함을 채운다.' 조와 나눈 또 다른 대화에 대해서는 이렇게 기록했다. '이와 같은 경우 그의 대답은 긍정적인 정신적 에너지의 결과가 아니라 담배 연기처럼 모호했고 아무런 '책임'도 지려 하지 않았으며, 당신도 생각해 보면 그에게서 아무런 답도 듣지 못했음을 깨닫게 될 것이다. 이것은 백인 남성의 흔한 말장난과 똑똑함 대신이었고 마찬가지로 유용했다.'

짚고 넘어가자면 헨리 데이비드 소로는 유명한 노예제 폐지론자로 1854년 7월 4일 노예 폐지 행진에 참가해 웅변가 소저너 트루스Sojourner Truth 옆에서 이렇게 발언하기도 했다. '콩코드 주민들은 종을 울리고 대포를 쏘아 올리며 자신들의 자유를, 다리에서 싸웠던 선조들의 용기와 자유에 대한 사랑을 기념했습니다. 마치 그들 삼백만 명이 자신의 자유로울 권리를 위해 싸웠지만 다른 삼백만 명을 노예로 붙잡아 두기 위해 싸웠던 것처럼 말입니다.' 그는 1850년 '도망간 노예에 관한 법률'에 공개적으로 반대했고, 노예 탈출을 돕는 비밀 조직 단체 언더그라운드 레일로드와 함께 그들의 탈출을 도왔다.

그는 자신이 매사추세츠의 도덕적 위선이라고 불렀던 것과 남북 전쟁 전 '북부 남성의 비겁함과 원칙에 대한 결핍'에 대해 노골적으로 비판하는 사람이었다. 그는 『시민 불복종』에서 이렇게 말했다. '사실대로 말하자면 매사추세츠의 개혁을 반대하는 사람들은 남부의 수천 명 정치인들이 아니라 인류애보다 상업과 농업에 훨씬 더 관심이 있는 이곳의 수천 명 상인과 농부들이다.' 이와 같은 행동과 글들은 특히 공인에게 몹시 중요했다. '노예제도와 전쟁에 반대하는 '의견을 갖고 있는' 사람이 수천 명 있지만 그들은 실제로 이를 끝내기 위해 아무것도 하지 않는다'고 그는 말했다. 그는 그것들을 끝내고 싶어 했다.

하지만 헨리가 조를 묘사한 단락, 그리고 그 안에 담긴 인종에 대한 편견에 관심을 두지 않는 것이 바로 화이트 워싱일 것이다. 더 중요하고 어쩌면 더 흥미로운 사실은 정치적, 문화적 신념에도 불구하고 인종 차별주의가 개인의 행동에 어떻게 영향을 미치거나 이를 구속하는지 살펴보지 않겠다는 뜻일 것이다. 헨리가 잃어버린 형을 찾는 조에게 그토록 무관심했던 이유는 혐오감 때문이 아니었거나 혐오감 때문만인 것은 아니었는데, 나는 그의 심장이 그가 사랑을 고백했던 사람들로부터 그토록 떨어져 있으리라고는 한 번도 생각해보지 못했기 때문에 몹시 놀랐다. 어쩌면 이렇게 말할 수도 있겠다. 도로와 산업을 증오하고 시대에 걸맞지 않게 살고 싶었던 남자였지만 그는 조에 대한 설명에 있어서는 놀랍게도 그 시대 19세기의 환경적, 정치적, 그리고 다양한 수준의 사회적 의사 결정에 영향을 끼쳤던 잔인한 인종 차별주의와 편견에서 조금도 벗어날 수 없었던 것이다. 정의에 대한 확실한 의견을 갖고 있으며 아침 산책에서 만나는 꽃에 대해 시적으로 분석하는 남자였지만 그의 시야는 제한적이었다.

이 같은 증거는 다음 사실에서도 드러난다. 헨리도 조처럼 형을 잃었지만, 자신과 조가 갖고 있는 정체성의 경계를 넘어서지 못했기 때문에 자신들이 가슴 아픈 상실을 공유하고 있다는 사실을 보지 못했거나 그에 대해 언급하지 않았다. 두 사람 모두 형제를 잃었지만 헨리는 그 점에 있어서는 눈뜬장님 같았고 조는 그런 그를 숲과 호수와 강으로 '밀가루 포대처럼 소극적으로' 인도한다.

나는 미확인 비행물체에 대해 듣고 조의 잃어버린 형 이야기까지 읽고 나자 이곳은 납치의 땅이라는 생각이 들었다. 그곳은 자신을 잃어버리는 사람들, 사라져버린 사람들의 땅이었다.

어쩌면 내가 헨리의 관점에서 거리감이나 경멸을 읽은 것인지도 모르지만 조도 헨리를 많이 좋아하는 것 같진 않았다. 헨리는 여행을 떠나기 전 조를 처음 만난 아침에 대해 이렇게 기록했다. '어색한 분위기를 깨보려고 여러 번 말을 걸었지만 그는 카누 아래서 한두 번 희미하게 신음을 냈을 뿐이며 그래서 그가 거기 있다는 사실을 알 수 있었다.' 하지만 그 거리감 덕분에 우리는 조의 삶에 관한 몇 가지 사실을 알 수 있다. 헨리의 가이드를 했을 때 조는 마흔여덟 살이었고 단것을 좋아했다. 그리고 한쪽 귀가 거의 들리지 않아 항상 잘 들리는 귀가 위쪽으로 오게 옆으로 누워서 잤다. 그는 독실한 신자로 하루에 두 번 기도를 했으며, 어렸을 때 나이 많은 두 남자와 어느 초겨울에 사냥을 하다가 배가 고파 거의 죽을 뻔한 경험이 있었다. 하지만 그가 수달을 잡고 수달 기름에 백합 뿌리를 삶아 수프를 만들어 일행을 전부 살려냈다. 그가 헨리와 여행을 떠났을 때 집에서 기다리는 아내가 있었는데, 헨리는 그녀에 대해 돌아온 후 잠깐 언급했을 뿐이었다.

필스베리섬에서 처음 맞는 아침, 존과 나는 커피 몇 잔을 나눠 마신 후 카누를 타고 섬 주변을 돌았다. 머리 위에는 보드랍고 푸르른 하늘이 있었다. 존이 커다란 구리색 비늘로 덮인 물고기를 잡았다. 그리고 낚싯대를 내 쪽으로 던졌고 나는 낚싯바늘에서 물고기를 빼 다시 물로 던져주었다. 강에 사는 수달이 카누 옆에서 두 번 고개를 빼꼼 내밀었다가 물속으로 사라졌다.

그날 낮 즈음, 호수 멀리까지 나갔다가 노랫소리를 들었다. 지난밤에도 같은 소리를 들었는데 그때는 바람 소리거나 물이 노에 부딪혀 나는 소리라고 생각했다. 혹은 새소리에 뒤섞인 어떤 소리? 그런데 다시 그 소리가 들린 것이다. 나는 노를 무릎에 얹고 귀를 기울이며 어떤 소리인지 해석해 보려고 했다. 멀리서 들려오는 노랫소리였다. 가사가 듬성듬성 실려 왔다. 리듬 있는 문장이 멜로디에 담겨 있었다. 그러다 갑자기 소리가 멈췄다.

"노랫소리가 들려." 내가 존에게 자신 있게 말했다.

"이상하네." 그가 말했다. "나도 들었어. 엊저녁에?"

"지금 그리고 어젯밤."

같이 들었던 그 소리에 우리 모두 딱히 더 할 말은 없었다. 어쩌면 호수 건너편에서 사람들이 노래하고 있는지도 몰랐다. 하지만 이틀 연속으로? 어쩌면 근처 어딘가에서 캠프가 열렸는지도 모른다. 소리는 물을 건너 우리 생각보다 훨씬 멀리까지 전해지니까.

가만히 듣고 있던 노랫소리는 점차 줄어들었고 우리도 더 이상 말이 없었다. 그날 밤 나는 일기장에 이렇게 적었다. '마치 하늘에서 들려오는 콧노래 같았다.' 그날 하루 종일, 카누 바닥과 내 손바닥에서 희미한 생선 냄새가 났다.

헨리와 함께 길을 떠난 세 번째 남자가 있었는데 바로 식물학자 에드 호어로 헨리와 가까운 동네에서 자랐고 풀을 채집하는 일을 했다. 에드와 헨리는 물고기를 잡아 요리하려고 불을 피우다가 콩코드 근처의 숲 삼백 에이커를 실수로 태워버린 악명 높은 한 쌍으로 유명했다.

에드는 서른네 살로 메인주 여행 당시 헨리보다 여섯 살 어렸다. 헨리 데이비드 소로와 함께 있을 수 있는 유일한 방법은 '함께 산책을 하는 것이네. 오래 멀리 걷는 것이네. 발이 젖을 때까지 몇 시간이고. 하루 종일 배를 타는 것이네. 수십 킬로미터를 갔다가 밤 늦게 집에 돌아오는 것이네. 자네가 기꺼이 함께 나설 생각이 있다면 그는 자네를 데리고 갈 것이네. 어느 것 하나라도 해낼 수 없다면 그는 더 이상 자네를 찾지 않을 것이네'라고 에드는 다른 친구에게 보내는 편지에서 말했다. 에드는 바깥 활동이라면 못하는 것이 없어서 헨리를 따라 나설 수 있었을 것이다. 하지만 메인주 여행에서는 정반대의 모습을 보였다.

에드는 근시가 있었기 때문에 빽빽한 숲에서 앞을 잘 보지 못했다. 젖어서 물집이 생긴 발 때문에 일행 전체의 이동 속도가 느려졌다. 에드는 종종 탈진했고 카누에서 꾸벅꾸벅 졸다가 조에게 잔소리를 듣기도 했다. 건망증 때문에 야영지에 칼을 놓고 와 다시 강을 거슬러 돌아가야 하기도 했다. 나중에는 장비를 통째로 놓고 와 그것을 찾으러 혼자 갔다가 길을 잃기도 했다. '그는 마치 땅속으로 가라앉는 것 같았다'고 헨리는 말했다. '도저히 이해할 수 없는 상황이었다. 늪지대를 통과한 후로 그는 발에 통증을 느끼고 있었고 우리와 함께 이동하길 바라고 있었기 때문이다. …나는 걸음을 재촉하여 그를 부르며 찾아다녔다. 바위 뒤에 있어서 보이지 않는 건지도 모른다고 생각했다.' 하지만 에드는 발견된 지 몇 시간만에 다시 사라졌다. 이번에는 찾을 수도 없어서 혼자 밤을 지내야 했다. 헨리는 에드를 찾는 일을 포기하며 이렇게 말했다. '그때쯤 숲의 어둠이 너무 두터워 더 이상 우리가 할 수 있는 일도 없었다.'

그럼에도 불구하고 헨리는 에드에게 상냥했다. '그를 찾지 못하면 다음 날 내가 무엇을 해야 할지, 이런 야생에서 무엇을 할 수 있을지, 그의 친척들은 어떤 기분일지, 그 없이 혼자 돌아가야 한다면. …하지만 성공 가능성이 낮을수록 더 열심히 노력해야 한다.'

에드는 헨리에게 뒤지지 않으려고 수년 동안 노력했다. 명석한 친구에게 무엇이든 배웠다. 밤이면 나란히 누워 잠을 청했다. 낮에는 새의 노래를 함께 들었다. 미국 자연 수필의 대가를 옆에서 지켜보며 우리에게 헨리의 인간적인 모습을 보여주었다. 나는 에드의 눈을 통해 헨리를 보는 것이 좋았다. 이를테면 '헨리는 어두운 밤에 일어나 몇 시간 동안 메인주의 썩은 통나무 주변에서 치는 번개를 바라보았네'라는 에드의 말처럼 말이다.

하지만 에드는 메인주 여행 오 년 후 헨리가 사망한 후에야 놀라운 사실을 깨달았다. '소로의 「겨울 산책」을 막 다 읽었네. 소로를 더 잘 알지 못했다는 점이 몹시 후회스럽네'라고 에드는 편지에서 말했다. 중요한 질문들은 하지도 않으며 몇 시간, 며칠, 몇 달, 어쩌면 평생을 함께할 수도 있다는 사실을 에드는 깨달았다. 그들은 친밀함보다는 식물학과 조류학만 공유했고, 이제 헨리는 떠나고 없었다.

나는 에드가 어쩌다 그런 후회를 하게 되었을지 생각하며 소로의 「겨울 산책」을 다시 읽었지만 글의 아름다움에 마음을 빼앗겨 두 사람의 우정에 좀처럼 집중할 수 없었다. 눈보라가 지나간 후 일찍 맞이한 뉴잉글랜드의 아침에 대한 단순한 에세이였다. 창유리에 내려앉은 눈과 서리가 '어둑하고 희미한 빛'을 내뿜고, 이른 아침에 멀리서 들려오는 나무 베는 소리나 소가 낮게 음메 하고 우는 소리는 '비밀스러운 소란… 이 지구에서 듣기에 너무 신비롭고 근엄한' 소리라고 그는 말했다.

다음 문단에서 독자들은 헨리의 몸을 느낄 수 있다. '들판 너머로 탁 트인 공간을 보기 위해 창문으로 다가가면 발밑의 바닥이 삐걱거린다. 쌓인 눈을 떠받들고 있는 지붕들이 보인다.' 나는 그의 따뜻한 발을, 어쩌면 양말을 신고 지난 밤 눈보라가 무슨 일을 했는지 내다 보기 위해 차가운 나무 바닥을 조용히 걷는 그의 발을 느낀다. 초저녁의 산책에 나서면 헨리는 작은 마을들과 시골길을 가로지르는 강을 따라 걷는다. 물이 넘친 초원을, 풀숲에 떠밀려 온 꽁꽁 언 크랜베리를 지나 걷는다.

에드는 이웃이었던 엘리자베스와 결혼했고, 두 사람은 시칠리아로 가서 함께 살기 시작했는데 그곳에서 유자나무와 무화과나무를 길렀다. 두 사람 사이에는 딸이 하나 있었다. 에드는 뜨거운 시칠리아의 산들을 내다보며, 어쩌면 무화과를 자르며 헨리와 함께 떠났던 길에 대해 생각했을까? 메인 숲에서 길을 잃고 두려워하며, 가문비나무로 만든 침대 위에 헨리와 나란히 누워 조가 불러주는 노래를 듣고 있길 바랐던 그날 밤에 대해?

우리는 친구 곁에 영원히 머무를 수 없다. 같이 살 수도, 몇 주를 함께 보낼 수도, 모든 것을 전적으로 털어놓을 수도 없다. 우리는 결혼을 하고 지역을 옮기고 각자의 가족을 꾸린다. 나는 이제 존을 일 년에 몇 번밖에 보지 못한다. 그것도 며칠뿐이다. 그를 만날 때면 우리가 함께 보냈던 첫해가 종종 떠오른다. 그를 보자마자 느꼈던 편안하고 깊이 있는 우정에 얼마나 놀랐는지. 그런 우정은 아마 평생 한두 번밖에 경험하지 못할 것이다. 우정이 지속되는 동안 친구와의 첫 만남을, 우정의 메아리를 기억하는 사람이 얼마나 될까? 어쩌면 십 년의 기억이 정확히 반복되는 것은 아니기 때문에 메아리는 아닌지도 모르겠다. 나는 조금 더 내적인, 존과 함께 있을 때 드러나던 나의 초기 정체성에 대해 생각한다. 존을 만났을 때 나는 스물여섯이었고 그래서 존의 눈을 통해 보는 나의 삶은 스물여섯에 시작된다. 스물여섯이기 때문에 느낄 수밖에 없었던 그 모든 불확실성과 모호한 야망과 함께. 어떻게 보면 나는 존의 곁에서 언제나 스물여섯일 것이고, 언제나 인턴십을 끝내고 노 밸리를 한 시간씩 거닐던 사람일 것이다. 재스민 향기를 맡으며 대학원 진학 여부에 대해 고민하는 청춘일 것이다.

헨리의 죽음으로 에드는 어떤 나이와 어떤 시기의 자신에 대한 목격자를 잃었다. 에드는 어쩌면 숲속을 헤매며 나무 연기에 취해 어리둥절했던 젊은 자신을 잃었는지도 모른다. 어쩌면 통나무에 앉아 새벽을 기다리는 헨리 데이비드 소로를 동경하던 젊었던 자신을 잃었는지도 모른다. 나는 친구들끼리 지난 시절 서로의 정체성을 간직하고 있다가 다시 전해주는 일이 과장은 아니라고 생각한다. 나는 존과 함께 있을 때 우리가 처음 만났을 때처럼 에너지가 넘치고 약간 유치해지기도 하며 주목을 끌고 싶은 마음도 느낀다. 부모의 죽음이 충격적인 것도 어쩌면 그 때문일까? 삶의 목격자는 많지만 그중에서도 부모는 가장 중요한 목격자였기 때문에? 무조건적으로 믿어주고 늘 봐주고, 봐주고, 또 봐주는 사람이었기 때문에? 몇 년 전, 나의 태아 세포가, 심지어 나도 더 이상 갖고 있지 않은 나 자신의 일부가 어머니의 핏속에 여전히 흐르고 있을지도 모른다는 사실에 대해 읽은 적이 있다. 이보다 더 낯선 육체적 진실이 과연 있을까.

어린 아들 쌍둥이를 키우는 에밀리라는 신경과학자 이웃이 있다. 에밀리는 펜실베이니아 대학교 교수고 남편은 암호학자인데 펜데믹으로 필라델피아에서의 스케줄이 사라져버리자 염습지 근처의 작은 오두막에 살기 위해 우리 동네로 이사를 왔다. 지난여름 제니와 나는 소가 풀을 뜯는 초원과 해변을 따라 그 부부와 산책을 하며 그 명석한 젊은 부모가 해 주는 좋은 말들에 감사히 귀를 기울였다. 성인기로 접어들며 과거의 정체성을 벗어버리는 것에 대해 이야기한 후, 에밀리는 상실에 대해 제니에게 다음과 같은 긴 이메일을 보냈다.

우리의 세포가 너무 빨리 자라고 바뀌기 때문에 우리를 우리로 만드는 것은 몸속 세포의 물리적 조합이 아니라 세포들이 함께 작용하는 패턴이라고 할 수 있어. 물론 뇌에서도 우리의 생각과 감정을 만드는데 우리가 우리 자신인 이유는 특정 뉴런들의 조합 때문이 아니라 뉴런의 연결 패턴 때문이고. 그리고 생물학과 진화에는 너무 많은 재사용과 반복이 존재하기 때문에 서로 다른 몸에서 매번 독특한 패턴이 생겨나기보다 같은 패턴이 반복될 수도 있는 거지. 그래서 새로운 삶과 상실에 대해 생각하면, 나는 우리 영혼이 뇌 안에서 특정한 패턴으로 발현될 뿐만 아니라 개인의 뇌를 넘어 타인에게까지 전달되는 게 몹시 놀랍기만 해.

우리의 활발한 생각과 감정과 행동의 패턴들은 파문을 일으키며 영향을 미치고 성장하고 이 세상의 새로운 환경과 도전에 적응해 나가지. 그렇게 본다면 어떤 면에서 우리 영혼들은 '내 것'과 '네 것'이라는 엄격한 경계를 지키기보다 각자의 정수를 담고 서로 연결된 패턴들로 시대와 사람들 사이를 넘나들며 존재하는 것 같아. 그 덕분에 우리는 많은 삶들을 살 수 있는 거고. 그러니까 너의 너다움은 네 안에 있으면서 동시에 이미 교감하고 상호 작용하는 사람들 안에, 그리고 그들과 함께 하는 안전한 공간에도 함께 존재하는 거지.

이것이 바로 내가 지금 존을 볼 때 느끼는 정확한 감정이다. 존은 자신도 모르는 무언가를 갖고 있다. 나의 일부, 어쩌면 지금 모습에서는 찾아볼 수 없는 나의 일부가 그에게도 전해져 존재한다. 하지만 내가 존이 없어도 스스로 부족함을 느끼지는 않기 때문에 그가 나의 정체성의 일부를 갖고 있는 것은 아니다. 존이 갖고 있는 것은 나의 정체성이 아니라 내가 존과 함께 있을 때만 사용하는 단어처럼 언어의 연금술적 영역 안에 존재하는 어떤 것이다.

오후에 폭풍이 불었다. 나는 풀밭에 누웠고 존은 모닥불 옆에 앉아 거미를 쳐다보고 있었다. 잠자리 무리가 바람을 맞지 않는 키 큰 소나무 안에서 뱅뱅 돌고 있었다. '그들의 바람 텐트'라고 낮잠을 자기 전에 적어두었다.

들꿩이 텐트 주위를 몰래 어슬렁거리다 그늘에서 꼬꼬댁거리는 소리에 잠에서 깼다. 꿩의 깃털에 비친 나뭇가지와 그림자와 햇살의 무늬가 발밑에서 경쾌하게 바스락거리는 나뭇잎들의 소리로 그 존재를 알렸다. 나는 밤에 노를 저어보고 싶지 않냐고 존에게 물었다.

우리는 호수로 카누를 밀어넣었다.

약 십 분 정도 노를 젓다가 존이 말했다. "북쪽에 비가 오는 것 같네." 그리고 몇 분 후 또 말했다. "바람 방향이 바뀌었어." 그랬는데도 우리 둘 모두 이제 무슨 일이 일어날지 예측하지 못했다. 태풍이 불듯 하늘이 노랗게 변하고 따뜻한 바람이 불더니 비가 한차례 쏟아졌다. 우리는 윌리엄 터너의 그림에서처럼 노란빛이 도는 노을 앞에 흠뻑 젖은 채 앉아 있었다.

바람이 신기하게도 남쪽의 섬 위로 드리워진 쌍무지개 쪽을 향해 카누를 밀어주었다. 마치 우리의 행운을 보증해 준다는 듯. '자연의 철학만으로 설명할 수 없는 현상이 여기 존재함을 느끼지 않는 사람이 과연 있을까?'

헨리는 1852년 8월 어느 날의 일기에 이렇게 기록했다. '무지개의 쓸모, 누가 그것을 묘사했단 말인가?'

존과 나 역시 그 무게 없는 빛줄기들을 묘사할 단어를 찾을 수 없었다. 긴 침묵들 사이에 그저 '와우' 또는 '저거 봤어?'라고 말할 수밖에.

헨리는 무지개에 대해 이렇게 말했다. '이 세상을 처음 방문할 친구를 위해 시간을 선택해야 한다면 아마 태양이 서쪽으로 화려하게 지면서 그 빛이 비 온 뒤 투명해진 공기를 뚫고 드넓게 반사되어 지금처럼 동쪽 하늘에 환상적인 무지개를 그리는 시간을 선택할 것이다. …한 세상에서 다른 세상으로 여행하는 사람이 그런 순간에 이 세상을 지나가게 된다면 혹시 이곳에 정착하고 싶은 유혹을 느끼지 않겠는가.'

무지개를 그린 풍경화는 거의 없다는 사실을 알고 있는가? 무지개의 아름다움은 너무 선명하고, 물감은 오직 빛으로만 이루어진 대상을 표현하기에 턱없이 부족한 재료다. 모든 흰빛은 무너진 색이라는 사실을 우리는 잊기 쉽다. 무지개는 우리가 흔히 보는 평범한 대낮의 조각난 빛이 아니라 이제 막 도착한 낯선 이방인과 마찬가지의 빛이다. 무지개는 아마 이를 최초로 본 초기 인류 또한 가던 길을 멈추게 했을 것이다.

서쪽 노을은 이제 노을이라기보다 산줄기에서 폭발하는 짙은 황색 구름 같았다.

우리는 노를 들어 올리고 가만히 떠 있었다.

그리고 어렸을 때 돌아가신 존의 아버지에 대해 이야기했다.

바람이 누그러졌고 잔잔해진 수면 위에 하늘이 선명하게 반사되었다. 마치 하늘에 붕 떠 있는 느낌이었다. 카누가 하늘을 나는 것처럼. 머리카락은 아직도 비에 젖어 있었다.

존에게 아빠가 되는 느낌이 어떤지 물었다. 존의 대답은 시적이면서도 진실했는데 그 말을 여기 적고 싶지만 그건 왠지 그를 침범하는 느낌이라 그만두었다. 지금 생각해 보니 나는 헨리가 왜 일기를 썼는지, 왜 그토록 좋은 글이 많고, 대충 쓴 부분은 거의 없으며, 고상한 은유와 아름다운 문장이 그렇게 많은지 이해할 것 같다. 글쓰기는 기꺼이 하는 행동이다. 존이 아빠가 되는 것에 대해 뭐라고 대답했는지 기억해 여기 적어놓는다면 나는 그 말의 감각을 다시 느끼고 이를 영원히 박제할 수 있을 것이다. 땅거미가 지는 하늘 아래서 들었던 존의 목소리, 며칠 동안의 가벼운 대화 끝에 깊이 있는 영토에 도달했다는 만족감, 그 순간을 다시 살 수는 없겠지만 이를 복

제해 그 순간의 감각을 다시 느낄 수는 있을 것이다. 그리고 그 감각으로 나 자신을 채울 것이다. 마치 정수기에 물컵을 대고 있는 것처럼. 글쓰기가 바로 그 물컵인 것 같다.

우리는 노를 저어 섬으로 돌아왔고 다시 비가 내리기 시작해 텐트 안에서 잠을 청했다.

호수에서의 마지막 아침이 밝았다. 호수 건너에서 남자 목소리가 들려왔다.

"만 달러를 원해." 목소리가 말했다.

나는 존이 내린 커피를 마시고 있었다.

나는 그렇게 확실한 목표를 외치는 사람이 누구인지 궁금해 기슭으로 걸어 내려갔다.

긴 머리칼이 어깨까지 내려오고 상의를 입지 않은 젊은 남자가 카누 앞에 앉아 있었다. 뒤에 앉아 있는 또 다른 남자는 좀 더 챙겨 입긴 했지만 두 사람 모두 헐렁한 군복 무늬 모자를 쓰고 있다. 대학생이거나 막 대학을 졸업한 사람들 같았다.

그들은 노를 저어 우리가 있던 섬을 지나갔지만 기슭에 앉아 있는 나를 보진 못했다.

"만 달러를 가져본 적이 없어." 앞에 앉은 남자가 거의 외치듯 말했다. 그는 푸르디 푸른 아침 풍경에, 일렀던 기상에, 미끄러지는 카누에, 뒤에서 밀어주는 바람에, 얼굴에 내리쬐는 태양에 취해 있는 것 같았다. 그는 행복해 보였다. 셔츠도 벗어 던진 채 돈이 갖고 싶다고 외치고 있었다.

"나는 좋은 직장이 있어." 그가 말을 이었다. "월급도 지금까지 중 가장 많아. 하지만 더 잘할 수 있을 거야. 그래. 만 달러! 나는 만 달러를 벌 준비가 되어 있다고!"

나는 어떤 기준에 따르면 너무 한적해서 포장도로가 끝나고 휴대 전화 서비스도 닿지 않고 수달이 카누로 헤엄쳐 오고 개구리가 나를 부동자세로 서 있게 만드는 먼 곳에 있었다. 그럼에도 불구하고 우리 모두 그 먼 곳까지 자신의 걱정과 평범한 희망을 가져온다는 생각이 들었다. 직장에서 원하는 것도, 그리워하는 사람도. 헨리는 「산책」에서 이렇게 말했다. '몸은 숲속으로 2킬로미터나 걸어 들어갔지만 마음은 따라오지 않을 때 나는 놀라움을 느낀다. 오후의 산책에서 나는 오전의 모든 일과 사회에 대한 의무를 기꺼이 잊으려 한다. 하지만 두고 온 마을을 털어버리지 못하는 때가 가끔 있다. 어떤 일에 대한 생각이 머릿속을 휘젓고 있을 때 나는 내 몸을 따라가지 못한다. 내가 느끼는 감각에서 멀어져 있다. 하지만 산책을 하면서 기꺼이 나의 감각으로 되돌아간다. 숲 밖의 일에 대해 생각하고 있다면 숲속에 있는 것이 무슨 소용이란 말인가?' 캠프장 안에는 코로나 바이러스를 조심하라는 표지판이 말뚝에 박혀 있었다. 우리 역시 숲 밖 마을의 일을 쉽게 털어버릴 수는 없는 것이다.

나는 그 남자가 만 달러로 무엇을 할지, 십만 달러나 백만 달러를 외칠 수도 있는데 어떻게 이 야생에서도 그토록 이성적일 수 있는지 궁금했다. 그리고 두 사람이 노를 저어 멀어질 즈음 그를 존경하게 되었다. 그는 살면서 언젠가는 그 만 달러를 분명 벌 것이다. 그는 휴가를 내 친구와 노를 저으러 왔고, 두 사람 중 한 명이 이 여행을 위해 똑같은 모자를 샀을 것이다. 그는 자신이 원하는 것을 잘 관리하고 있었고 하나씩 얻어가고 있었다.

"슬슬 갈까?" 등 뒤에서 존이 말했다.

나는 텐트로 돌아갔다.

텐트 덮개를 걷어내 마르도록 풀밭에 펼쳐 놓았다. 덮개를 걷어내고 보니 조립이 제대로 되지 않은 채로 텐트가 왼쪽으로 기울어져 꼭대기가 움푹 패어 있었다. 존도 알고 있었나 해서 그를 바라보았다. 하지만 그는 배낭에 물건들을 집어넣느라 바빴다.

나는 다시 텐트를 보며 어디부터 손대야 할까 생각하

고 있었는데 그때 캠프장 뒤 어두운 숲 가장자리에서 어떤 그림자가 재빠르게 움직였다. 다람쥐보다 컸다. 6미터에서 9미터 정도의 가까운 거리였다.

"봤어?" 존에게 물었다.

"뭘?"

"숲에 말이야." 내가 말했다.

나는 텐트 뒤의 나무들을 향해 걸었다.

갑자기 소나무 뒤에서 거대한 족제비 같은 것이 나타나더니 캠프장 쪽으로 더 가깝게, 느리지만 경쾌하게 뛰어왔다. 무게가 느껴지지 않는 용수철 장난감 같았다.

"저거!" 내가 말했다.

그러다 또 다른 나무 뒤로 사라졌다.

존이 내 쪽으로 왔다.

우리는 지난밤의 비에 젖어 아직도 거무죽죽한 나무 몸통을 노려보았다.

그놈이 다시 공터로 뛰어 나왔다. 그리고 뒷발로 서서 창백한 가슴을 보여주었다.

"족제비는 아닌데." 내가 말했다. 더 크고 더 귀엽고 강아지 같은 얼굴이었다.

"뭐 같아?" 존이 물었다.

한 번도 본 적 없고, 내가 그 이름을 어떻게 알았는지도 모른다. 헨리가 일기에서 몇 번 언급했던 게 아니라면. 어쨌든 그 이름이 분명히 떠올랐다.

"소나무담비." 내가 말했다.

그 까만 두 눈과 분홍빛이 도는 귀와 상아색과 더 진한 색이 뒤섞인 소용돌이 무늬 털을 볼 수 있을 만큼 가까이 다가온 걸 보니 인간에게 길들여졌거나 순진해서 아무것도 모르는 것이 틀림없었다.

그러다 우리가 움직이는 모습이나 어떤 행동에 놀랐는지 갑자기 돌아서서 다가왔던 것보다 훨씬 빠른 속도로 달아나기 시작했다. 아니면 대부분의 동물에게 두려움의 대상일 뿐인 인간의 신체 골격과 냄새가, 그러니까 추상적 사고와 치명적 교활함, 그리고 나무꾼이 나무껍질 벗기듯 동물의 왕국에서 자신들의 종을 벗겨내버린 각종 무기 같은 인간의 어떤 모습이 갑자기 선명하게 드러나 담비의 호기심이 산산조각 났을지도 모른다.

"처음 봐." 내가 말했다.

나는 폴을 엉뚱한 클립에 잘못 끼워 텐트 모양이 영원히 변형되어버린 건 아닌지 걱정하며 텐트가 있는 곳으로 돌아갔다.

우리는 두 남자가 있는 방향으로 노를 저어 호수를 건

떠나는 날

THE DAY WE LEFT

너 집을 향해 출발했다.

노를 젓다가 잠시 멈추고 '진한 상록수 옆의 흰 자작나무는 마치 모세혈관 같았다'라고 노트에 적었다.

이 호수의 또 다른 멋진 가수인 개똥지빠귀가 숲에서 노래를 불렀다. 보트의 밧줄들 사이로 불어오는 바람처럼 형체가 없는 그 목소리는 새소리 같지 않게 풍성했다. 헨리는 이렇게 말했다. '그 어스름한 황야의 검은 산 아래서 온몸으로 빛을 반사하는 밝은 강가에 앉아 개똥지빠귀의 노랫소리를 듣고 있자니 어떤 문명도 이보다 더 뛰어날 수는 없을 것만 같았다.'

우리는 물살을 거스르며 카누를 밀었고 그러는 동안 개구리는 한 마리도 보지 못했다. 그리고 트럭에 도착해 카누를 싣고 길을 잘 찾아가며 되돌아 나왔다.

초저녁, 제니와 레베카가 집 앞에서 우리를 반겨주었다. 내가 티셔츠를 걷어 벌레에게 뜯긴 등을 보여주자 제니가 소리를 질렀다. 샤워를 하고 다 같이 언덕 위에 있는 레스토랑에 갔는데 야외에 있는 테이블들이 모두 멀찍이 떨어져 있었다. 주인이 잘 관리한 꽃들이 테이블 사이의 벽이 되어주고 있었다. 모두 펜데믹 앞에서 각자의 최선을 다하고 있었다.

저녁을 먹고 침대에 누워 주석이 달린 헨리의 일기에서 개구리에 대한 단락을 찾아보려고 인덱스를 펼쳤다. 돌 위에 앉아 있던 황소개구리가 아직도 머릿속을 떠나지 않아서 헨리도 혹시 어떤 생각을 남겼는지 궁금했다. 개구리 관련 내용들이 많았다. 개구리: 황소개구리, 개구리: 꿈, 개구리: 청개구리, 개구리: 강꼬치고기, 개구리: 숲.

그런데 '개구리Frogs' 바로 위가 '우정Friendship'이었다. '개구리: 꿈' 부분을 보고 싶었지만, 존과 함께했던 여행이 막 끝난 참이었으니, 그 여행에서 내가 표현하지 못했던 점을 헨리가 혹시 표현했는지 궁금해 '우정'을 먼저 펼쳤다. 역시 그는 해냈다.

나는 밤에 깨어 우정과 그 가능성에 대해, 어쩌면 몇 달 동안 경험해 보지 못했던 새로운 삶과 계시에 대해 종종 생각한다. …나는 마치 새벽이 시작되듯, 그 세월 동안의 내 삶이 긴 밤이었던 것처럼, 더 높은 차원의 삶으로 밤에 깨어난다. …나는 존재하고 숨을 쉬는 것만으로도 승리가 되는 신성한 대기권으로 떠오르고 생각은 웅장하고 무한해진다. 마치 열기구 조종사들이 바다로 향하는 상승 기류를 보고하듯. …우정은 한

사과나무 꽃, 우정

APPLE BLOSSOMS, FRIENDSHIP

해 줄 맺어야 할 열매다. 우정은 꽃들에게 향기를 주며, 향기 없이 사과만 많이 따는 것은 실로 헛된 일이 아닐 수 없다.

이 부분을 읽은 후로 그 마지막 줄에 대해 종종 생각한다. 우정, 동지애, 친밀함, 그리고 사과꽃. 우정이 없어도 우리는 각자의 집에서 먹고 자고 일하고 자신의 행복을 만들 수 있지만, 우정 없는 삶은 봄의 사과나무에 피는 꽃봉오리를 놓치는 것과 마찬가지다.

침대 머리맡 등을 끄기 전에 '개구리: 꿈' 부분을 펼쳤다. 황소개구리에 대해 내가 원래 찾고 싶었던 단락이 바로 거기 있었다. '꿈을 꾸는 개구리의 소리는 다른 개구리들의 소리를 이긴다'라고 그는 밤에 대해 말했다. '가끔 근처에 있는 황소개구리가 터무니없는 소리를 냈다. 마치 내 바로 옆에서 시원하게 트림을 하는 것 같았다. 나는 그들이 트림하는 법을 체화했다고 생각한다. 배에 가스가 가득 차 있을 것이다.'

그렇다면 '꿈꾸는 개구리'는 아마 숲개구리처럼 노래하는 개구리를 뜻할 것이다. 그리고 황소개구리는 강과 호수를 지키는 신성한 수호자라기보다 살아서 트림을 하는 존재인 것이다.

몇 달이 지나 여름도 끝났다. 가을 바람이 불어오는데 집 안 보일러가 말썽을 부리기 시작했고 그래서 냉난방 전문가인 이웃을 부를 때까지 나는 알라가시에 대해 까맣게 잊고 있었다.

그가 보일러를 살펴보았고 우리는 지난여름에 대해 이야기하게 되었다. 그는 하이킹을 하고 카누를 탔다고 했다. 나도 알라가시에서 카누를 탔다고 하자 그는 그곳에 자기 오두막이 있다고 했다.

"어디요?" 내가 물었다. "알라가시 안에요?"

"맞아요." 그가 말했다. "이글 호수 근처요."

"이글 호수." 내가 말했다. "제가 갔던 곳도 바로 거기에요. 소로가 갔던 바로 그곳."

"필스베리섬이요?" 그가 말했다. 그도 소로가 머물렀던 곳을 알고 있었다.

우리는 유월의 같은 시기에 그곳을 방문했고, 그는 섬에서 고작 몇 킬로미터 떨어진 곳에 있는 자기 오두막에 있었다.

"정말 신기하네요." 내가 말했다. 이런 우연이 있을 때마다 나는 관심을 가지려고 노력한다.

나는 혹시 외계인의 납치에 대해 들어본 적이 있는지

그에게 물었다.

"물론이죠." 그가 말했다. "그쪽에선 유명한 이야기니까요."

"혹시 뭐라도 보셨나요?" 내가 웃으며 물었다.

"아니오." 그가 말했다. "하지만 다른 건 봤어요."

그가 특별한 이유 없이 줄자를 꺼냈다.

"오후에 아버지랑 같이 맥주를 마시며 처칠 호숫가에 앉아 있었어요. 일주일 동안의 카누 여행을 마치고 막 돌아왔을 때였죠. 매일 비가 왔어요. 그날 아침에도 비가 왔고요. 짐을 싸고 막 떠날 참이었는데 그때 하늘이 개는 겁니다. 구름이 물러가고 있었어요. 꼭 '심슨The Simpsons' 구름 같은 건데, 혹시 알아요?"

나는 안다고 대답했다.

"파랗고 둥근 조각들이 뭉게구름처럼 둥둥 떠다니는 것 같은?"

"어떤 구름인지 정확히 알아요." 내가 말했다.

"그래서" 그가 말했다. "고개를 들었는데 하늘에 구멍이 나 있었어요."

"하늘에 뭐요?" 내가 말했다.

그리고 그는 마치 전구를 끼우려고 하듯 줄자를 높이 들어 올렸다.

"구멍이요. 이 줄자만 한 게 하늘 위에. 구름이 구멍 쪽으로 흘러가다가 그 주변에서 흩어졌어요. 구름이 지나갈 때 보니 완벽하게 둥근 파란색이었어요. 그러니 뭔지 아시겠죠."

나는 거의 속삭이며 물었다. "뭔데요?"

그가 줄자를 다시 벨트 클립에 끼웠다.

"웜홀이요. 그래서 외계인들이 온 거죠. 외계인들이 웜홀로 은하수들을 여행하는데 마침 알라가시 위에도 하나가 있었던 겁니다."

"웜홀이요?"

"제가 미친 것 같죠? 하지만 직접 본 겁니다. 아버지도 같이 보셨고. 하늘 위의 푸른 구멍. 물리학으로도 증명할 수 있을걸요. 제 말을 꼭 믿을 필요는 없어요. 중요한 건 아니니까."

나는 조의 형을 생각했다. 하늘의 구멍을, 하늘에서 떨어져 불덩어리가 된 아비새를, 사람을 실어나르는 빛나는 구름을, 돌아올 수 없는 곳으로 이어지는 통로를, 아버지라는 존재의 땅으로 영영 건너가게 될 존을 생각했다. '한 세상에서 다른 세상으로 여행하는 사람이 그런 순간에 이 세상을 지나가게 된다면' 나는 존과 호수에 있을 때 느꼈다. '혹시 이곳에 정착하고 싶은 유혹을 느끼지 않겠는가?' 여기의 세상이 가장 아름다운 순간을 뽐낼 때 다른 세상을 떠돌고 싶어 하는 인간의 이 끈질긴 믿음은, 우리의 눈을 사로잡는 그 머나먼 전생과 후생은 과연 무엇일까?

"팬 난방을 원해요, 아니면 열 난방?" 자신이 대답해 줄 수 있는 더 많은 질문을 뒤로 하고 그가 내게 물었다.

여정 사이의 기록,
네 번째

몇 년 전 어느 해 겨울, 산을 걷다가 두 눈이 없는 양을 보았다. 까마귀들이 날아올라 근처의 떡갈나무에 몸을 접고 앉았다. 그것이 바로 까마귀가 양을 죽이는 방법이라고 들은 적이 있다. 가장 부드러운 부분을 먼저 빼내는 것이다. 할 수 있다면 입술과 혀까지. 옆으로 누운 양의 움푹한 배에 바람에 날려온 눈이 쌓여 있었다. 산을 오르고 양 떼 목장을 지나던 그 날 오후의 산책에서 생각나는 것은 대략 하늘, 겨울이 되어 앙상해진 나무, 돌담, 그리고 내가 길을 잃었다는 사실 정도다. 하지만 그 양은 아직도 사진처럼 선명하게 눈앞에 그려진다.

헨리는 죽기 몇 년 전의 일기에서 이렇게 말했다. '인간의 삶에서 우리가 화창한 초원보다 어두운 숲에 대해 더 많이 듣게 되는 이유는 무엇인가?' 왜 삶의 더 어두운 순간들이 우리에게 더 쉽게 달라붙고 더 자주 언급되는 것일까. 나는 두려움과 슬픔이 우리에게 무언가를 가르쳐준다는, 누군가의 기억 속 어두운 자국이 살아남는 데 도움이 되는 가르침들의 별자리라는 과학적 설명이 미덥지 않다. 예를 들어 송곳니가 뾰족한 호랑이에게 쫓겼다면 친구들에게 그때 얼마나 두려웠는지 말하고 그들 역시 호랑이를 피하고 살아남아 다른 사람들에게 말을 전해 결국 모두가 호랑이로부터 안전한 이야기의 사슬이 만들어질 것이다. 자신에게 일어난 나쁜 일에 대해 말하는 사람은 살아남는다. 듣는 사람 역시 살아남으며 그 경고는 훌륭한 유산으로 이어진다. 하지만 나는 두려움과 슬픔이 우리가 살아가는 데 도움이 된다고 생각하지 않는 편이다. 사실 그 반대다. 우리 삶의 어두운 숲을 잊는 것은 자신의 삶에서 더 쉽게 '살아남는 데' 도움이 된다. 헨리 데이비드 소로처럼 형을 잃는 사건은 불꽃을 만지고 그 흉터로 다시 불꽃을 만지지 말자고 기억하는 일과는 다르다. 아니, 나는 숲의 어둠이 가르침의 도구라고 생각하지 않는다. 그보다는 삶의 숭고함이며 그것이 바로 우리가 어두운 숲에 대해 더 자주 듣는 이유다. 숲은 인간이 나타나기 전에 살았던 동물들의, 동물들이 도착하기 전에 살았던 버섯들의 풍부한 생태계이며 초원은 소들의 양식이 된다. 어두운 숲은 더 신성한 곳이다.

나는 양이 느꼈을 고통 때문에 그 양을 선명하게 기억한다고 생각한다. 갓 태어나 눈을 잃고 죽는, 까마귀에게 몇 시간의 에너지를 제공하고 죽는 양은 영문도 모른 채 그렇게 되었다. 그래서 내 마음이 그곳에 머물며 그 장면을 기억하고 잠긴 집의 모든 문과 창문을 흔들어보듯 그 의미를 이해하기 위해 노력하는 것이다. 양의 삶은 너무한 희생처럼 보이고 나는 슬픈 이야기들은 종종 불공평한 희생으로부터 만들어진다는 사실을 깨닫는다. 작든 크든 어두운 숲, 그러니까 양의 죽음이나 형의 사망, 가족에게 물려받은 분노 등은 우리로 하여금 흔한 논리를 넘어서는 질문들에 답하게 만들고 그것이 바로 우리가 그 이야기를 반복하기 좋아하는 이유라고 생각한다. 답이 없는 질문들, 숭고함이라는 감각 안에서만 답을 찾을 수 있는 그런 질문들 말이다. 달리 말하자면, 우리는 어두운 숲을 걷다가 결국 나무 사이로 고개를 들 것이고 그 위의 하늘은 화창한 초원 위의 하늘과 같은 존재이자 삶의 모든 풍경 위에 드리운 빛의 장막임을 깨닫게 된다. 슬픔과 기쁨이 하나의 삶 안에 공존하지만 나무 사이로 쏟아지는 빛은 오직 숲속에서만 볼 수 있다.

헨리의 여정을 따라 걸었던 그 첫 번째 여름, 나는 한밤중에 가끔 산책을 했다. 오래 걷진 않았다. 집 앞 진입로 혹은 물가까지 내려갔다. 팔월의 어느 날 밤, 염습지 옆에 서 있는데 조류에 밀려온 수풀 속에서 황록색 빛이 깜빡이고 있었다. 늦여름마다 뉴잉글랜드 해안으로 밀려오는 발광 플라크톤. 플랑크톤은 파도에 밀리거나 노에 부딪히거나 부두의 말뚝에 닿는 등 접촉이 일어나면 빛을 낸다. 물에 떠내려가는 풀에 걸린 그놈은 가을 잎사귀가 가지에 매달려 흔들리듯 부지런히 몸을 떨고 있었다. 은은한 밤에 문득 나타난 그 반짝이는 구슬에 나는 황홀해졌다. 그런데 또 안타깝다는 느낌이 들었는데 그 작고 선명한 빛은 그 순간 내가 물가로 내려가지 않았다면 누구의 눈에도 띄지 못하고 그냥 사라졌을 것이기 때문이다. 자연과 목격자가 만나는 그 느낌, 존과 내가 동시에 서로 무지개를 가리켰을 때의 바로 그 느낌은 무엇일까? 자연이 동행을 필요로 한다고 생각하니 이상했다. 당연히 자연은 아무도 필요로 하지 않기 때문이다.

어두운 숲

THE DARK WOOD

다시, 케이프코드:

우리는 혼자여도 모두 연결된다

이번 여정에서는 프로빈스타운까지 걸어가지 않았는데, 케이프코드의 해안을 따라 제니와 함께 가고 싶었기 때문이다. 하지만 제니는 모래밭에서 30킬로미터를, 아니 15킬로미터도 걸을 수 없었다. 제니는 임신 중이었다.

나는 그때 프로빈스타운에서 만나 나를 초대해 훈제 연어를 대접하고 애인과 함께 키우는 마리화나 밭을 보여주었던 메리에게 편지를 썼다. 메리는 모래 언덕 위에 오두막을 갖고 있는 사람을 안다며 그 집에서 애니 딜라드도 글을 썼다고 말해주었다. 그리고 원한다면 제니와 프로빈스타운까지 차를 타고 와 오두막에 머물며 다른 이야기를 써보는 건 어떻겠냐고도. 메리는 우리를 위해 구월 초 이틀 밤을 예약해 주었다.

지난번 케이프코드에 갔을 때와 달리 집을 빨리 떠나야 할 이유도, 나를 몰아냈던 악몽도 없었다. 아침에 제니와 침대에서 커피를 마셨고 반려견 샐리는 가장 좋아하는 자리인 우리 다리 사이에 누워 있었다. 창밖을 보니 거위 떼가 강 위를 날아가고 있었고 그러자 갑자기 여름이 어디로 가버렸는지 궁금해졌다. 우리는 뉴스에 대해 이야기하며 이제 뉴스에 대해 그만 이야기해야겠다고 말했다. 또 존과 레베카가 태어난 지 육 주가 된 아기 존 엠마누엘을 데리고 왔다가 막 떠난 후였기 때문에 우리 집에 머무는 잠깐 동안 아기가 얼마나 변했는지에 대해 이야기했다. 초점을 맞추지 못하고 방황하던 눈으로 우리 집에 왔던 아기는 떠나는 날 우리를 똑바로 바라보았다.

2박 3일 동안 먹을 끼니와 간식으로 소시지와 치즈와 병에 든 오트 우유를 토트백에 담는 데 한 시간 정도 걸렸다. 샐리를 이웃 셰릴의 집에 내려주고 셰릴이 너무 많이 열려 다 못 먹는다고 고집을 부려 텃밭에서 토마토와 오이를 따서 담았다. 그리고 마트에 들러 짚으로 된 바구

니와 몇 가지 식료품을 더 샀다.

"지난번 케이프 여행과는 다르네." 내가 마트에서 차를 몰고 나오며 제니에게 말했다. "약혼자랑 쇼핑을 하고 있다니."

"너무 좋지 않아?" 제니가 말했다.

우리는 클레멘타인을 가르는 본 다리를 건너 케이프 코드까지 더 구불구불하게 이어지는 오래된 6번 국도를 달렸다. 차 안에 시트러스 향이 가득했다.

화창한 날이었다. 하늘은 새파랬다. 나무와 돌담 위의 햇빛은 개학 첫날과 축구 연습이 떠오르는 완연한 초가을의 빛이었다. 희미하거나 노랗다고 할 수 있는 빛이지만 결코 차갑지는 않은데 바로 홈커밍 데이의 빛 혹은 여름 끝자락의 빛이기 때문이며, 그에 대해서는 1852년에 헨리가 더 잘 묘사했다. '오늘 아침 물에 젖은 버드나무가 은빛으로 빛났고 나무 밑의 그늘은 어쩌면 청쾌한 공기 덕분에 반대로 더 깊어 보였다. 공기가 더 활기차진 것 같지 않은가? …생각건대 하늘은 더 아름답고 과거의 어느 날보다 더 선명한 푸른색이며 가볍고 보송보송한 구름이 고개를 치켜들고 떠다닌다. …해안에서 들려오는 건 오직 귀뚜라미 소리뿐이다. 가을바람이 불어오기 시작한다.'

"정말 너무 좋아." 내가 제니에게 말했다. "지난번에 왔을 때는 물집 생긴 맨발로 해변을 걸었고 배낭에는 치즈 한 덩어리밖에 없었어."

우리는 몇 년 전 웰플릿에서 나를 재워주었던 랜디와 팻을 찾아가기 위해 두 사람의 별장이 있는 반스터블 Barnstable에 잠시 들렀다. 랜디는 그때 쓰고 있던 책을 막 자비 출판한 후였다. 그는 온라인에 올라온 리뷰들을 자랑스러워 했다. 그리고 나에게도 책을 한 권 주고 싶어 했다.

우리 넷은 마스크를 쓰고 멀리 떨어져 그들의 잔디밭 의자에 앉았다. 그리고 그의 책에 대해, 아들이 도와준 표지 작업에 대해 이야기했다. 팻은 웰플릿의 두 사람 집에 내가 심은 장미 덤불이 무성하게 자라고 있다고 말해 주었다.

나는 펜데믹이 닥친 후 두 사람의 이곳 케이프에서의 삶이 많이 변했는지 물었다. "여긴 크게 변할 것도 없는 것 같아서요."

"오." 팻이 말했다. "글쎄요. 스퀘어 댄싱 시합은 이제 할 수 없는 걸요."

"스퀘어 댄싱 시합이요?" 내가 물었다.

무정한 뉴잉글랜드 출신 랜디는 하루에 엄청난 양의

나무 베기는 해내지만 수준 높은 춤을 출 사람 같지는 않아 보였다.

"시합에 나가려면 케이프 말고 다른 지역으로 가야 해요." 팻이 말했다. "보스턴, 말보로, 다른 주까지요. 우리 수준만큼 추려면 아주 멀리 가야 한답니다."

팻은 우리가 떠나기 전에 집을 보여주고 싶어 했다. 다이닝 룸 근처에는 친척들의 고풍스러운 그림이 있었다. 반들반들한 피부에 고집 세 보이는 부부의 초상이었는데 미국에 몇 세대 후에나 도입되어 인형 얼굴 같은 초상화에서 벗어나게 만들어준 그런 기술은 아직 쓰이지 않은 그림이었다.

남자의 머리는 졸다가 막 고개를 떨구기 직전처럼 앞으로 기울어져 있었다. 여자는 무언가 두려운듯 두 눈이 튀어나올 것 같았다. 여자의 눈꺼풀은 발진이 난 것처럼 붉었다.

랜디가 남자를 가리켰다.

"저 사람은 꼭 취한 것 같지요."

그리고 여자를 가리켰다.

"그리고 저 여자는 결혼식 첫날밤에서 못 벗어난 것 같고."

"랜디." 팻이 웃으며 그의 팔을 살짝 쳤다.

랜디의 책을 손에 들고 제니와 나는 두 사람에게 작별 인사를 했다.

"즐거운 시간이었습니다." 제니가 말했다.

"정말 그렇고 말고요." 내가 말했다.

다음 마을에서 다시 한번 마트에 들러 제니는 쿠키 커터를, 나는 백색 도자기 물주전자를 샀다.

"배고파?" 내가 길가의 해산물 식당을 보고 물었다.

프로빈스타운에는 몹시 늦게 도착할 예정이었다. 몇 년 전 같은 여행에서 나는 웰플릿까지 걸어가 낯선 사람의 집에서 하룻밤 신세를 졌는데 오늘 우리는 웰플릿까지 가기까지 아직 한참의 시간이 남아 있었다.

"랍스터 롤 먹을까?" 주차장에 차를 대는 동안 제니가 말했다.

우리는 아이스크림 가판대 같은 곳으로 걸어갔다. 그 옆에 다 읽을 수도 없는 긴 메뉴판이 설치되어 있었다. 도대체 랍스터 롤에 마요네즈 대신 레몬을 얹어 먹는 사람들은 누구냐는 토론을 잠시 한 후 우리는 마요네즈 랍스터 롤 두 개를 시켰다. 창문 너머 젊은 여자가 고개를 숙이고 주문을 받아 적었다.

"지금 너무 좋아서 미칠 것 같아요." 그녀가 마치 피클도 같이 주문하실 거냐고 차분하게 묻는 것처럼 주문을 받아 적으며 제니에게 말했다. "저 정말 팬이에요!"

이런 일이 일어날 때 내가 전혀 기대하고 있지 않다면 얼마나 놀라운지 가끔 생각한다. 하지만 사람들은 제니를 알아보면 온갖 다양한 방식으로 이상하게 행동한다. 휴대 전화를 들고 다가와 셀피를 찍자고 나서는 거친 부류도 있다. 자기 소개를 하고 제니의 작품을 얼마나 좋아하는지 말하는 친절한 이들도 있다. 제니의 눈을 보며 자기 감정을 묘사하는 연약한 무리도 있고, 조용히 가리키거나 몰래 사진을 찍는 사람도 있다. 뉴욕에서 길을 건너다 보면 제니의 이름을 소리쳐 부르는 사람도 있다. 제니와 사귄 후 처음 맞은 여름에 존과 메인 강으로 카누 여행을 갔었다. 여행 도중에 존이 제니의 유명세가 나한테 어떤 영향을 끼치는지 불쑥 물었다. 생각해 보니 그런 질문을 한 사람은 존이 처음이었고, 내 삶에 펼쳐지리라고 예상했던 상황도 아니었다. 나는 이렇게 대답했다. "낯선 사람들이 내가 사랑하는 사람에게 마구 다가와 자기도 그녀를 사랑한다고 말하는 건, 꽤나 멋진 일이야."

"오." 제니는 우리의 랍스터 주문을 받은 여자에게 물었다. "이름이 뭐예요?"

두 사람은 짧은 대화를 나누었고 그 여자는 우리에게

바깥에 앉아도 되며 자기가 음식을 가져다주겠다고 말했다.

내가 시에라 미스트를 사자 제니가 나를 놀렸고 나는 시에라 미스트는 수천 명이 마시는 더할 나위 없는 어른들의 음료라고 말했다. 우리는 볕이 따뜻한 벤치에 앉아 테이블 위에 부드럽게 퍼져 있는 초가을의 달콤한 향기와 튀긴 음식 냄새를 맡으며 속이 꽉 찬 랍스터 롤과 감자튀김을 먹고 내 시에라 미스트도 나눠 마셨다. 나는 메리에게 생각보다 더 늦게 도착할 것 같다고 문자를 보냈다. 우리는 가을 하늘처럼 광활하고 무한한 날의 케이프를 헤매고 있었다.

"한 군데만 더 들렀다 가도 될까?" 몇 년 전에 지나갔던 모래투성이 진입로를 알아보고 내가 제니에게 물었다. 칠면조 가득한 숲으로 나를 당황하게 만들고 청어가 가득한 호수로 나를 이끌었던 주소도 없는 두 갈래 길의 입구였다.

"바쁠 건 없으니까." 제니가 말했다.

나는 내비게이션을 잠시 멈췄다. 우리 앞 멀지 않은 곳에 내가 몇 년 전 서 있었던 잔디밭이 있었다. 굴잡이의 집이었다. 랜디와 수련 잎을 헤쳐가며 노를 저어 오지 않고 이번에는 찻길로 온 것이다. 나는 집이 보이지 않는 곳에 차를 댔다.

"약간 어색할 것 같은데." 내가 시동을 끄며 제니에게 말했다.

혼자일 때는 내가 바보처럼 보이거나 남의 집 앞에 서 있는 이유를 어색하게 설명하는 것도 상관없었다. 하지만 제니가 있으니 목격자에 대한 책임이랄 것 같은 감정이 약간 느껴졌다.

제니는 자기도 상관없다고 말했다.

우리는 손을 잡고 숲에서 완만하게 이어지는 풀밭을 나란히 걸어 막다른 곳에 있는 굴잡이의 집에 도착했다. 마당을 둘러싸고 있는 말뚝 울타리에 핀 꽃잎이 얇은 루드베키아가 가을을 예고하고 있었다.

"누가 집에 있을까?" 제니가 물었다.

현관 근처에 말리려고 걸어 놓은 비치 타올이 있었다. 근처의 파라솔도 펴져 있었다. 공중에 걸린 제라늄 화분도 제때 물을 마시고 있는 것 같았다.

"그러면 좋겠지." 내가 말했다. "사실 무슨 말을 해야 할지 모르겠어. 그냥 집을 좀 구경시켜 달라고 할까?"

나는 세월의 흔적이 느껴지는 벽돌길로 올라섰고 그 길은 현관으로 이어져 있었다. 문을 두드렸다. 아무 대답이 없었다. 다시 두드리며 희망을 담아 말했다. "계세요?"

어쩌면 낮잠을 자고 있는지도 모른다. 샤워를 하거나, 호수에 나갔거나.

뒤를 돌아보았다. 제니는 진입로에 서서 두 손을 배에 올리고 머리 위의 나무를 바라보고 있었다. 태양은 곧 숨기 직전이었다. 머리 위 소나무 사이로 빛이 쏟아지면서 작은 풀잎 하나하나가 그림자를 매달았고 솔잎과 꽃과 잔디는 영롱한 빛을 내뿜었다. 제니의 둥근 배를 덮은 노란 치마가 빛났다.

"아무도 없나 봐?" 제니가 말했다.

"그런가 봐." 내가 말했다. "늦었으니 그냥 가자."

갑자기 다른 사람 집 앞에 서 있는 어색함을 얼른 떨쳐버리고 싶어졌다.

"가자." 내가 말했다.

"집 앞에서 사진이라도 찍을래?" 울타리 앞에 서서 현관을 바라보며 제니가 물었다.

"좋지." 내가 말했다.

메리는 모래 언덕으로 이어지는 문 뒤에 있었다. 메리와 메리의 여자친구, 구겐하임 펠로우이자 유명한 사진작가인 마리안은 이제 제니와 나의 좋은 친구였다. 두 사람은 우리 집에도 왔었고 제니와 나의 부모님도 만났다. 나는 마리안에게 내가 큐레이팅하는 아트 갤러리에서 전시도 열어주었다. 제니와 나는 두 사람이 우리의 대모 요정들 같다고 말하곤 했다.

"하나도 안 변했네." 메리가 제니에게 말했다. 그리고 제니의 배를 가리키며 덧붙였다. "배에 공이 하나 들어 있는 것만 빼면! 그런데 세상에, 너무 좋아 보인다!"

오두막은 길에서 한참 뒤 거대한 모래 언덕 위에 있었고 그래서 위험하고 울퉁불퉁한 모랫길을 건너려면 사륜구동이 필요했다. 우리는 메리의 지프차에 토트백과 간식 바구니를 싣고 모래 언덕을 향해 달렸다. 1980년대 예술가들과 작가들을 위해 사용되었던 오두막이라며 메리가 운전석에 앉아 온몸을 출렁이며 설명해 주었는데 운전대를 꽉 잡고 있었기에 망정이지 아니었다면 이미 온몸이 천장을 뚫고 나가버렸을 것만 같았다.

오두막에 도착했다. 메리가 오두막을 구경시켜 주었는데, 해변의 장미 덤불을 바라보고 있어 서쪽으로 지는 노을을 볼 수 있는 나무 별채에 대해서는 특별히 신이 나 설명해 주었다. "문은 그냥 열어놓고 지내." 메리가 말했다. "어디서도 못 볼 풍경일 테니까."

오두막 실내는 마치 낡은 배의 갑판 밑 같았다. 길이

다시 찾은 굴잡이의 집

(헨리가 묵었던 곳)

THE OYSTERMAN'S HOUSE, AGAIN

(WHERE HENRY SLEPT)

는 6미터, 너비는 5미터로 나무는 세월에 낡아 반질반질했다. 낡은 스토브 옆 테이블 주위에 랜턴 대여섯 개가 놓여 있었다. 벽에는 낚시 미끼가 걸려 있었고 천장에 십자가 모양으로 매달아 놓은 노가 옷걸이 대신이었다. 구석의 안내 책자들에는 케이프코드에서 볼 수 있는 포유류, 양서류, 조류와 식물, 그리고 별들의 이름이 적혀 있었다. 바깥으로는 오두막의 세 면에 모래 언덕이 솟아 있어 금방이라도 오두막을 집어삼킬 것 같았다. 언덕 꼭대기에는 모래 때문에 잘 자라지 못한 벚나무와 장미 나무가 있었는데 방충망이 덧대진 넓은 창문으로 향기를 맡을 수 있었다. 물은 오두막 남쪽에 있는 수동 펌프에서 끌어 올렸는데 덕분에 랜턴과 낡은 나무 냄새로는 약간 부족했던 다른 세기에 사는 느낌이 들었다. 이렇게까지 플라스틱이 거의 없는 집은 처음이었다. 낡은 통조림 캔 안에 은식기가 들어 있었다.

메리는 이틀 후 마리안과 함께 오겠다며 작별 인사를 했고 휴대 전화 신호는 잘 잡힌다며 걱정 말라고 덧붙였다. 무엇이든 필요하면 전화하라고 말하며 메리가 떠났다.

창으로 바람이 들어와 방충망의 수백 개 선이 공기를 자르는 듯한 쉬쉬 소리가 났다.

해가 지고 있었다.

귀뚜라미가 울기 시작했다.

랜턴 세 개에 불을 붙이자 실내의 나무가 오렌지색으로 빛났다.

제니와 나는 저녁을 만들기 시작했다. 물을 끓여 밥을 하려고 주전자를 올렸다. 제니는 그날 아침 텃밭에서 딴 오이를 잘랐다. 내가 소시지를 잘라 제니가 달구고 있는 프라이팬 위에 부었다. 제니가 치즈와 크래커를 꺼냈다. 그러다 곁에 와서 나 대신 소시지를 볶기 시작했고 나는 쌀에 끓는 물을 부어 버터 한 덩어리를 섞은 다음 제니에게 치즈 크래커를 만들어주었다. 내가 포크와 나이프를 꺼냈다. 제니가 냅킨을 찾았다. 우리는 희미한 랜턴 불빛 아래서 귀뚜라미와 바다와 바람 소리를 들으며 저녁을 먹었다.

늦은 밤, 제니는 『프랑스 조곡Suite Francaise』를 읽었고 나는 옆에서 일기를 썼다. 침대 옆 협탁 두 곳에서 랜턴이 타고 있었다. 펜 그림자가 잉크를 가려 내가 쓰고 있는 글자도 보기 힘들었다. 펜 끝을 따라오는 까만 그림자 두 줄이 종이 위에 선명한 존재감을 드러냈다. 갑자기 방향 감각이 사라지며, 머리 위의 빛이 발명되기 전에 사람들은 그 모든 그림자와 어떻게 싸웠을지 궁금해졌다. 펜 끝의 까만 삼각형 그림자는 물론 저녁 식사 접시 위의 포크, 혹은 얼굴 위의 손, 책을 넘길 때 생기는 글자 위의 둥근 그림자까지. 새까만 선들이 랜턴으로 불을 밝힌 식탁을 가로지르는 풍경이 한때는 평범했을 것이다. 반짝이는 태양만큼은 못하지만 모든 것을 흠뻑 적시는 빗물처럼 전기가 온갖 그림자를 몰아내기 전까지 말이다.

어차피 손으로 오래 쓰는 걸 별로 좋아하지 않았는데, 왼손잡이의 왼손가락이 짧아져 손글씨가 변했기 때문이었다. 짧아진 손끝은 그해 겨울로부터 몇 년이 지나도 여전히 아팠다. 이식한 피부에는 촉감이 전혀 느껴지지 않았다. 감각이 아예 없거나 아니면 볕에 심하게 타 웅웅거리는 느낌이었다. 나는 예전처럼 펜을 통제할 수 없고 내 글씨체를 잃어버렸으며 이를 다시 되찾을 수 없다는 사실이 슬펐다.

십 분 정도 글을 쓰자 잘 보려고 찡그렸던 두 눈이 아파오기 시작해 노트를 덮었다.

그리고 귀뚜라미는 언제까지 노래할까 그런 생각을 하며 잠이 들었다.

눈을 떠 보니 안개 속에서 장미 향이 나고 있었다.

우리가 하루 종일 무엇을 했을까? 지금은 잘 기억나

모래 언덕의 오두막, 프로빈스타운

OUTHOUSE, DUNES, PROVINCETOWN

지도 않고 기록할 만큼 중요한 문제도 거의 없었다.

노란 흔들의자에 앉아 모래 언덕의 풀들이 춤추는 모습을 바라보며 '부드럽게 출산하는 법'이라는 자기 최면 프로그램을 제니와 같이 들었던 기억은 난다. 아침마다 들었기 때문에 자궁이 열기구 모양으로 부푼다거나 자궁 경관이 어떻게 아기 바구니가 되는지, 아기가 산도로 내려올 준비가 되면 아기에게 턱을 가슴에 붙여달라고 부탁해야 한다거나 아기가 가슴 위에 누워 있을 때 얼마나 황홀한지 등 많은 내용이 이미 익숙했다.

메리가 보라고 놓고 간 들라크루아의 화집을 보았다.

늦은 오후, 몇 년 전 느꼈던 바람에 날려온 고독을 혹시 다시 느껴볼 수 있는지 궁금해 해변으로 산책을 갈 거라고 제니에게 말했다. 예전에 느꼈던 외로움과 자기 혐오, 씁쓸함은 느끼고 싶지 않았지만 치유의 힘이 되어주기도 했던 풍경의 목적을 다시 한번 느껴보고 싶었다. 의미를 찾고 싶다면 반드시 고난을 겪어야 할까? 내가 만족감을 느꼈다면 모래 언덕의 풀과 구름에서 무엇인가 스며 나왔던 덕분일까? 와추셋산 기슭의 숲을 거닐 때 나는 버섯의 무심한 성장과 그들의 확실한 목적과 인간이 겪는 문제 따위 없는 그들의 진공 상태가 부러웠다. 버섯에게는 한 가지 임무만 있었고 버섯은 최선을 다해 그 임무를 완수했다. 지금은 버섯을 부러워하지 않는다. 나는 위기에 처하고 싶지 않았다. 하지만 첫 케이프코드 여행 마지막에 얻었던 그 계시는 원했었다. 바로 헨리의 발자국을 따라 걸을 때 예상치 못했던 신비로운 선의를 만나게 된다는 것이다.

나는 오두막에서 사백 미터도 못 가고 걸음을 멈춰 모래에 앉아 회색 물개 세 마리가 파도를 타며 먹이를 찾는 모습을 구경했다. 그러면서 머릿속에는 먹이를 찾는 물개들을 제니와 함께 앉아서 보고 싶다는 생각뿐이었다.

내가 아는 한 헨리에게 남자든 여자든 애인이나 파트너는 없었다. 헨리에게는 함께 걷는 친구들이 있었다. 하지만 그들 중 가장 가까웠다고 할 수 있는 서툴고 어리숙한 에드 호어마저도 헨리를 개인적으로 아주 잘 알지는 못했다고 말한다. 헨리는 랄프 왈도 에머슨 같은 이들을 동경했지만 누구와 친밀한 관계를 맺었는지는 모르겠다. 자연에서의 수정, 말하자면 버섯이나 꽃의 생태에 관한 글에서 자신의 성적 지향에 대해 질책과 회한 이외에 딱히 밝힌 바는 없었다. '성의 신비를 음탕한 농담의 대상으로 삼을 수 있지만 그에 대해 진지하게 이야기할 때 침묵하는 사람에 대해서는 존경심을 잃는다.' 또는 '어떤 일이 닥쳐도 나는 타인의 순결에 대한 존중을 잃지 않을 것이라고 믿는다. 성교의 대상은 가장 영감을 주는 토대에서 만날 수 없다면 결코 만나고 싶지 않은 대상이다.' 다음과 같은 이상한 발언도 있었다. '나는 어머니에 대한 기억을 소중히 간직하듯 생각과 행동에서도 순결을 보존할 것이다.' 그럼에도 불구하고 그 역시 누군가와 함께 하고 싶었을까? 이웃? 혹은 친구? 그의 일기를 읽으며 나는 종종 궁금했다. 그는 누구의 몸을, 누구의 성적 정체성을 자기 머릿속에서 몰아내고 싶었던 것일까? 오랜 산책과 글쓰기로, 혹은 호숫가 오두막에 자신을 가두면서까지 그가 넘어서고 싶었던 것은 누구의 이미지일까? 어쩌면 그보다 더 궁금한 것, 과연 그들 중 한 명이 그의 곁에 내내 함께 있었던 것일까?

'회색 물개의 눈은 슬픈 개의 눈 같았다'고 노트에 적고 일어서자 물개가 놀라 물속으로 뛰어들었다. 물개가 가라앉은 자리에 세 개의 부드러운 원이 생겼다. 나는 제니에게 돌아갔다.

오두막에는 토마토 소스 향이 가득했다.

"저녁 준비는 다 됐어." 제니가 들어서는 나를 보고 말했다. "소스를 위에 얹어줄까 아니면 그냥 다 섞을까?"

나는 초저녁의 햇살 아래 빛나는 임신한 내 약혼자를

바라보았다. 파스타의 김이 빛을 삼킬 듯 햇살로 달려들었다.

나는 더 이상 걷고 싶지 않았다. 낯선 사람의 집에서 잠들고 싶지 않았다. 새벽에 일어나 커타딘산을 오르고 싶지도 않았고 약에 취해 스키 리프트 아래 앉아 있거나 월든 호수의 압력에 짓눌리거나 숨을 참고 싶지도 않았다. 호저의 심장에 대해 생각하고 싶지 않았고 왜 꿈이 중요한지, 어떤 계시가 있는 것인지 생각하고 싶지 않았다. 나는 그저 제니와 함께 저녁을 먹으며 내가 본 물개에 대해 말하고 싶었다. 물개들이 무엇을 찾았을까 서로 이야기하다가 몇 개의 랜턴에 불을 붙이고 침대에 나란히 누워 책을 읽다 함께 잠들고 싶었다.

"소스 섞어? 아니면 위에?" 제니가 등을 보이며 다시 한번 물었다.

"당신 마음대로." 내가 말했다.

"위에 얹을게, 그럼." 제니가 말했다. "당신 그렇게 먹는 거 좋아하잖아."

바로 그때 그 어떤 풍경도, 물개도, 바람에 날리는 모래 언덕의 풀들도, 파도의 포말도, 마그마처럼 붉은 노을도 내 약혼자와 이야기를 나누는 것보다 더 흥미로워 보이지 않았다. 그녀와 이야기를 나누는 일이 숲에서 얻을 수 있는 깨달음보다 더 중요했고 빛을 내는 나무보다 더 신비로웠다. 사랑하는 사람과 나누는 바로 그 이야기가. 그러니까 내 머릿속의 전류를 입술과 혀와 목구멍을 통해 전달하고 그녀가 동일하게 전달하는 것을 듣는 것. 이를 통해 빛도 내지 못하는 우리의 몸이라는 두 개의 닫힌 공간이 서로 맞물린다.

나는 제니가 이미 차려놓은 식탁에 앉았다.

새벽에 일어나니 안개가 더 짙게 끼어 있었고 그래서 소리가 더 가깝게 들리는 것 같았다. 제니가 가스 밸브를 열고 불을 붙이는 소리가 들렸다. 작은 불꽃들이 주전자 밑으로 서둘러 퍼져나갔다. 창문 방충망에 안개가 맺혀 있었고 손을 대자 물방울이 되어 떨어졌다.

우리는 침대에서 커피를 마시며 얼마나 나쁜 꿈을 꾸었는지, 주변 풍경이 의외로 얼마나 차분하고 아름다운지 이야기했다. 나는 수면을 '우리가 반드시 홀로 들어서야 하는 어둠의 영토'라고 표현한 적이 있다. 사랑하는 사람 곁에서 눈을 뜨는 순간이 그것과 얼마나 상관없는 일인지 알지도 못하고 말이다.

오전이 지나면서 안개가 걷혀 바다가 보였고 오두막 주변의 모든 풍경이 선명히 시야에 들어왔다. 벚나무도,

장미도, 풀들도.

'하지만 이 해안이 지금보다 더 멋질 때는 결코 없을 것이다'라고 헨리는 프로빈스타운의 가을에 대해 말했다. '이토록 멋진 해안이 모래를 실어 나르는 바다에 의해 하루 만에 만들어지거나 사라지기도 한다.'

우리는 커피를 다 마시고 메리가 데리러 오기 전에 오두막을 청소하기 시작했다. 나는 바깥에 있는 펌프에서 양동이에 물을 채워 부엌 싱크대로 연결된 물탱크에 부었다. 벤치 위로 올라가 두 손을 머리 위로 올려 양동이를 비우고 바닥을 내려다 보았는데 작은 동물 발자국 같은 것이 오두막 주변을 빙 돌며 이어져 있었다.

오직 둘 뿐이라고 생각했던 밤, 손님이 찾아왔던 것이다.

다시, 집으로

그리고 지금 나는 집으로 돌아와 아버지의 낡은 회화 작업실에서 글을 쓰고 있다. 어렸을 때 기억하던 나무 냄새와 테레빈유 냄새가 그대로였다. 제니는 내가 오늘 아침 위층에 피운 모닥불 옆에서 두 번째 책 작업을 하고 있다. 시월이다. 시월 초면 으레 그렇듯 북쪽의 바람이 이틀 연속 불어와 하늘의 모든 구름을 깨끗하게 밀어냈다. 지난주에는 낙엽들이 굴러와 돌담을 따라 집 앞까지 수북이 쌓였다. 내 옆에는 헨리 데이비드 소로의 일기 세 권이 있는데 지금 시월의 일기를 펼쳐 '가을', '낙엽', '단풍' 같은 단어들을 찾아 헨리가 바람에 쌓인 잎들을 어떻게 묘사했는지 찾아보고 싶다. 하지만 이 일도 언젠가는 그만해야 할 것이다.

작업실 창문 아래로 길게 뻗어 있는 염습지는 언제 봐도 지겹지 않다. 염습지는 매우 민감한 서식지라고 들었다. 진흙이 적당히 부드러워져 풀들이 뿌리를 내리기까지 수천 년이 걸린다고 한다. 하지만 이천 제곱미터의 염습지를 삼십 년이 넘도록 바라보다 보니 그곳은 결코 나약하지 않았다. 습지는 어떤 식물도 받아들이지 않으며 바다 쪽에서처럼 숲의 가장자리에서도 깔끔하게 끝나는 잔디로 이뤄져 있다.

습지는 자신을 제외한 모든 것에 저항한다. 게 구멍이 살아 있고 하루 두 번의 밀물에도 살아남는, 돌볼 수도 없고 도달할 수도 없는 짙은 녹색의 풀밭이다. 나는 습지를 삼켰다가 다시 사라지는 허리케인을 세 번이나 보았다. 그러니까 약해 보이고 귀하다고 알려진 것이 사실은 훨씬 강하다는 뜻이다. 그곳은 물에 잠겼다 다시 마르고 또 잠겼다 마르는 사이의 공간이다. 언젠가 한 테라피스트가 사람들이 슬픔을 빨리 건너려고 하는 게 이상하다고 내게 말한 적이 있다. 슬픔은 사이의 시간이며 그래서 감정을 표면으로 가장 가까이 불러올 수 있는 연약한 시기이기 때문이라고 말이다. 모든 이야기는 통과 의례에 관한 것이라고 그는 말했다.

형이 죽고 육 개월 후 헨리는 길을 떠났다. 서쪽의 와추셋으로. '우리는 우리가 어떤 벽 안에 누워 있는지 기억할 것이다'라고 그는 그 여정에 대해 기록했다. '그리고 이 평탄한 삶에도 정상이 있으며, 산꼭대기에서 가장 깊은 계곡이 푸른빛을 띠는 이유를 이해할 것이다. 매시간 고도는 높아져서 땅의 어느 부분도 하늘이 보이지 않을 만큼 낮지는 않을 것이며 우리는 각자 시간의 정상에 서야만 끝없이 펼쳐진 수평선을 바라볼 수 있음을 이해할 것이다.'

매사추세츠에서 제니와 함께 가을을 보내고 제니가 겨울 동안 아이를 낳고 몸을 회복할 로스앤젤레스로 이사를 가기 전 마지막 밤, 나는 습지로 산책을 나갔다. 저녁을 먹고 남은 음식과 오래된 치즈와 냉장고에서 정리한 야채를 그릇에 담아 들고 바다로 갔다. 샐리도 살짝 빠져나와 산책로에 서 있는 내 옆에서 그릇에 코를 박았다. 파도가 밀려 나가면서 바닷물이 풀들 사이로 시끄럽게 빠져나가고 있었다. 머리 위와 습지 너머로 별들과 별들의 그림자가 보였다. 나는 비운 그릇을 핥으라고 샐리 앞에 놓아주었다. 고개를 들어 백조자리를 찾아보았지만 찾을 수 없었다. 그릇에 닿는 샐리의 혓바닥 소리와 그릇이 바닥에서 달그락거리는 소리, 습지의 물이 빠지는 소리가 들렸다.

무의식이 느슨해져 잠들지 못하는 밤이 무서웠던 적이 있다. 지금 나는 밤을 사랑한다. 집에 포근히 안긴 느낌, 하늘이 푸른 껍질을 벗고 태곳적 빛줄기를 보여주는 밤을 사랑한다. 나는 이제 불면의 밤과 내면의 불안을 피하고 싶지 않다. 별들이 변하지 않았기 때문이며, 강이 그대로이기 때문에, 그리고 습지가 그대로이기 때문이다. 나를 둘러싼 세상은 늘 거기 있었고 내가 준비가 되면 보아주길 기다리고 있었다. 그리고 내가 준비가 되었을 때 세상은 오직 아름답게만 보였다. 자연은 자기 자신이 되기 위해 스스로를 드러낼 필요가 없다. 늦은 팔월의 밤 강에서 소용돌이치는 반딧불이는 나를 기다리지 않을 것이다.

가장 낮은 땅에 서 있을 때도, 고도는 높아진다.

나는 그릇을 집어 들고 집으로 돌아갔다.

풀에 걸린 빛

LIGHT IN THE GRASS

나는 그곳 '웰 메도우 필드'에서 어쩌면 나의 근본을 다시 느낀다. 물고기가 다시 물로 던져졌을 때처럼… 모든 것이 우주의 축처럼 부드럽게 흘러간다.

헨리 데이비드 소로, 서른아홉(1857년 1월 7일)

✳ 주석 ✳

1부

케이프코드

Page 11 "매시간 고도는 높아져서 땅의 어느 부분도 하늘이 보이지 않을 만큼 낮지는 않을 것이며 우리는 각자 시간의 정상에 서야만 끝없이 펼쳐진 수평선을 바라볼 수 있음을 이해할 것이다." 헨리 데이비드 소로 『헨리 데이비드 소로의 글』 중 「와추셋 산책」, 브래드포드 토리 편집(보스턴: 휴튼 미플린, 1906), 150. 1843년 1월, 보스턴 미셀러니에서 초판 발행.

page 16 "해변은 일종의 중립 지대다. 그곳이야말로 이 세상에 대해 숙고하기 가장 좋은 곳이다." 헨리 데이비드 소로 『케이프코드』(보스턴: 휴튼 미플린, 1914), 224. 헨리 사후, 티크너 앤 필즈 출판사에서 1865년에 초판 출간.

page 17 "꾸덕한 케이크 한 조각" 로버트 패커드 '소로와 함께 걷는 케이프코드' 1979년 7월 8일, <뉴욕 타임스> https://www.nytimes.com/1979/07/08/archives/walking -cape-cod-with-thoreau-walking-cape-cod-with-thoreau-if -you.html.

page 18 "광활한 영안실이다. …굶주린 개들이 무리 지어 다니고 까마귀들이 날마다 날아와 파도가 실어다준 보잘것없는 먹이들을 주워 모은다." 소로 『케이프코드』 224.

page 24 “올해 너무나도 힘들어졌소.” 소로 『케이프코드』 95.

page 32 “나는 자연의 거의 모든, 다른 부분을 더 사랑한다.” 헨리 데이비드 소로 『일기 1837~1861』 데미언 설스 편집(뉴욕: 뉴욕 리뷰 북스, 2009), 22. 1842년 2월 21일.

page 33 “벽난로와 여닫이창을 밤새 뒤흔들었다.” 소로 『케이프코드』 114.

page 37 “먼지 자욱한 길을 오래 걸으면 우리의 생각도 길처럼 지저분해진다. 사고는 무너지고 멈추며 혼란스러운 재료의 주기적인 리듬에 따라 소극적으로만 이루어진다.” 소로 「와추셋 산책」 150.

page 48 “귀뚜라미에 대한 시는 어째서 없는가?” 소로 『일기 1837~1861』 73, 1851년 9월 3일.

커타딘산

page 65 “나는 나의 몸을 경외한다.” 헨리 데이비드 소로 『메인 숲』(보스턴: 휴튼 미플린, 1906), 78. 티크너 앤 필즈 출판사에서 1864년에 초판 출간.

page 66 “접촉하라! 연결되어라! 우리는 누구인가? 그리고 이곳은 어디인가?” 소로 『메인 숲』 79.

pages 71~72 “발치부터 머리맡까지 향나무 가지 끝이 위를 향하게 한 방향으로 놓으면서 잘린 가지 끝이 덮이도록 부드럽고 평평하게 만들었다.” 소로 『메인 숲』 60.

page 72 “인디언들만 볼 수 있었던 이 찬란한 하천의 꽃들이 이토록 아름답게 만들어져 이곳에서 헤엄치는 이유는 오직 신만이 아실 것이다!” 소로 『메인 숲』 59.

page 72 “농축된 구름” 소로 『메인 숲』 69.

pages 73~75 “그날 밤 우리는 측백나무를 넣은 음식을 먹고 향나무 차를 마셨는데 벌목꾼들이 다른 허브가 없을 때 가끔 쓰는 재료였다.” 소로 『메인 숲』 60.

page 75 “밤에는 송어를 낚시하는 꿈을 꾸었다.” 소로 『메인 숲』 61.

pages 77~78 “그대가 추위와 배고픔에 떨며 죽어간들 이곳에는 성지도 없고 제단도 없으며 내 귀에 그 소식이 닿지도 않는다.” 소로 『메인 숲』 70~71.

page 78 “산의 정상은 미완의 세계에 속한다. …그곳에 올라가 신들의 비밀을 엿보고 인간에게 미치는 영향력을 시험하는 것은 신들에 대한 가벼운 모욕이다.” 소로 『메인 숲』 71.

page 81 “나는 나의 삶을 시냇물에서 춤추는 버드나무잎처럼 소극적으로 수용해야 한다.” 헨리 데이비드 소로 『헨리 데이비드 소로의 일기: 1837~1846』 브래드포드 토리 편집(보스턴: 휴튼 미플린, 1906), 326. 1842년 3월 11일.

page 83 “그러다 내가 서 있는 곳으로 바람이 불어와 밝은 빛을 보여주었다.” 소로 『메인 숲』 70.

pages 83~84 “나는 이것이, 인간이 무엇이라고 부르든, 태고의 길들여지지 않은, 그리고 영원히 길들일 수 없는 ‘자연’임을 산을 내려오며 온전히 이해했다.” 소로 『메인 숲』 77.

와추셋산

page 96 “떠나려는 의지가 있다면 에테르를 복용하라. 가장 멀리 있는 별보다 더 멀리 갈 수 있을 것이다.” 헨리 데이비드 소로 『헨리 데이비드 소로의 일기 2: 1850년~1851년 9월』 브래드포드 테리 편집(보스턴: 휴튼 미플린, 1906), 194. 1851년 5월 12일.

page 97 “대지가 꽃으로 웃는 봄” 랄프 왈도 에머슨 「하마트레이아」 『시 선집 1876』(제임스 R. 오스굿 앤 컴퍼니, 1876). 1847년 초판 발행.

page 97 “밤새 들리던 물의 속삭임과 귀뚜라미의 졸린 호흡” 소로 「와추셋 산책」 141.

page 98 “정상에 올랐을 때, 마치 아라비아의 페트라이아나 동쪽 끝 머나먼 지역으로 여행을 떠나온 것 같은 고립감을 느꼈다.” 소로 「와추셋 산책」 142~43.

page 98 “무척 엄숙하고 고독했으며 평지의 모든 오염과도 거리가 멀었다.” 소로 「와추셋 산책」 144.

page 99 “내 몸은 멜로디의 통로이자 오르간이다. 플루트가 음악이 숨 쉬는 통로인 것처럼.” 소로 『일기 1837~1861』 90. 1851년 10월 26일.

page 102 “자연은 얼마나 충만하고 여유로운지.” 소로 「와추셋 산책」 146.

pages 103~104 “이 빽빽한 친구들은 흐트러진 야생에 딱 들어맞는 작은 열매들이다.” 소로 『메인 숲』 242.

page 108 “자연은 몹시 풍부하고 호화로워 이와 같이 넘치는 빛을 제공할 수 있는 것이다.” 소로 「와추셋 산책」 145~46.

집으로

page 114 “그는 오래된 교훈을 딛고 가만히 서 있으며, 아무리 지치고 힘든 여행이라 하더라도 그것은 진실한 경험일 것이다.” 소로 「와추셋 산책」 150~51.

page 117 “깨어나는 경험은 언제나 거침과 부드러움의 교대나 마찬가지였다.” 소로 『일기 1837~1861』 431. 1857년 1월 7일.

2부

page 133 “그만큼의 거리에서 더 이상적인 글을 쓸 수 있다. 마치 머리를 거꾸로 하고 바라보는 풍경이나 물에 비친 모습의 반영처럼 말이다.” 소로 『일기 1837~1861』 258. 1854년 4월 20일.

사우스웨스트

page 135 "나에게 미래는 그 방향으로 펼쳐져 있고 땅은 그쪽이 더 생기 있고 풍요로워 보인다." 헨리 데이비드 소로 「산책」 『애틀랜틱 먼슬리』 1862년 6월, 662.

page 143 "네 기둥을 늪 가장자리에 맞춰 집을 지어보라." 소로 「산책」 666.

page 145 "두세 시간의 산책이 내가 기대하지조차 못했던 낯선 나라로 나를 데려다줄 것이다." 소로 「산책」 660.

page 170 "해결책의 첫 단추는 사람들의 관심이다. 사람들은 알게 되면 관심을 가질 것이다." 헨리 더마레스트 로이드 『부와 공공의 부』(뉴욕: 하퍼 앤 브라더스, 1894), 535.

page 171 "사람들이 알고 관심을 갖도록 돕기 위해 악에 대한 새로운 증오, 선에 대한 새로운 사랑, 권력의 희생자들에 대한 새로운 동정심을 자극하고 그와 같은 지식을 확대함으로써 낡은 양심을 새로운 양심으로 촉진하기 위해 사실들을 이렇게 편집했다." 로이드 『부와 공공의 부』 535.

page 172 "민주주의는 거짓말이 아니다." 로이드 『부와 공공의 부』 536.

page 172 "무뎌진 심장은 황량한 왕국의 유물 따위로 되돌려 보낼 준비를 하고 나서야 한다." 소로 「산책」 657~58.

page 173 "나는 나의 건강과 정신을 보존할 수 없다고 생각한다. 하루에 적어도 네 시간, 그리고 보통은 그보다 더 오래, 속세의 온갖 일로부터 완전히 자유롭게 숲을 거닐고 언덕과 들판을 한가롭게 누비지 못한다면 말이다." 소로 「산책」 658.

pages 175~176 "가끔 방향을 선택하는 것이 힘든 때가 물론 있는데 이는 우리 머릿속에 그것이 분명히 존재하지 않기 때문이다." 소로 「산책」 661~62.

여정 사이의 기록, 세 번째

page 183 "들판에 쌓인 눈의 표면은 여름의 바람이 휩쓸고 지나가는 바다의 꽤나 큰 파도 표면과 같다." 소로 『일기 1837~1861』 107. 1852년 1월 22일.

page 183 "일월은 통과하기 가장 어려운 달이 아니던가?" 소로 『일기 1837~1861』 250. 1854년 2월 2일.

page 185 "나와 영혼과 육체는 서로 걸려 넘어지고 비틀거리며 함께 흔들리고 있다." 소로 『일기 1837~1861』 22. 1842년 2월 21일.

page 186 "다섯 시에 산책을 나갔는데 살이 얼얼하게 추웠다. 얼굴이 마비되는 듯했다." 소로 『일기 1837~1861』 310. 1855년 2월 6일.

page 186 "이 추위, 즉 어제 6일은 가장 추웠던 화요일로 기록될 것이다." 소로 『일기 1837~1861』 310. 1855년 2월 7일.

pages 187~188 "또 어떤 노래를 불러야 우리 목소리가 이 계절과 조화로울 수 있을 것인가?" 소로 『일기 1837~1861』 249~50. 1854년 1월 30일.

알라가시

page 192 "우리의 의심은 너무나도 음악적이어서 스스로 속아 넘어간다." 소로 『일기 1837~1861』 23. 1842년 3월 11일.

page 195 "반딧불이의 빛은 살아 있는 생명체가 만든다고 하기에는 유난히 밝게 빛나고 있었다." 헨리 데이비드 소로 『헨리 데이비드 소로의 일기 4: 1852년 5월 1일~1853년 2월 27일』 브래드포드 토리 편집(보스턴: 휴튼 미플린, 1906), 145. 1852년 6월 25일.

page 198 "알라가시는 '송솔나무 껍질'이라는 뜻이다." 소로 『메인 숲』 254.

page 198 "미국의 소식을 결코 듣지 않으며 살다가 죽을 수 있는 장소" 소로 『메인 숲』 260~61.

page 200 "그것이 문자나 사람의 얼굴 형태였다고 해도 그보다 더 짜릿할 수는 없었을 것이다." 소로 『메인 숲』 198~200.

page 202 "재빨리 번지는 이끼가 있을 때 길을 식별하는 것은 불가능한 일이다. 두꺼운 카펫처럼 모든 바위와 떨어진 나뭇가지들은 물론 땅 전체를 뒤덮기 때문이다." 소로 『메인 숲』 236.

page 204 "이 경사진 거울을 따라 산 아래로 구불구불하게 내려가는 길 양쪽은 모두 상록수 숲이었으며, 물가에 높이 솟은 창백한 소나무가 간혹 물 위로 절반쯤 드리워져 곧 물을 건너는 다리가 될 상이었다."'소로 『메인 숲』 278.

page 205 "강 건너 너른 목초지에서 황소가 재채기하는 소리가 들렸다." 소로 『메인 숲』 317.

pages 206~207 <조안 리버스 쇼> 중 '납치된 사람들의 증언' https://www.youtube.com /watch?v=DGPF4--Fq9E

pages 207~208 "맞아요. 호수로 나가 그 광경을 보기 전에 우리는 분명히 약에 취해 있었습니다." <피들헤드 포커스> 2016년 9월 10일, 제시카 포틸라, '1976년 미확인 비행 물체 납치 대상, '알라가시 납치'에 대한 의혹을 제기하다.'

page 208 "자연은 우리에게 여전히 비밀스러운 모습을 그들에게는 수천 번 드러냈던 것이 틀림없다." 소로 『메인 숲』 200.

page 209 "거대한 불덩어리로 변해 순식간에 물속으로 떨어졌다. 새가 물에 빠질 때 굉음이 나며 땅이 흔들렸다." 조셉 니콜라 『붉은 부족의 삶과 전통』(뱅고르, 메인: C. H. 글래스, 1893), 105.

page 210 "그러자 구름은 하얗게 변했고 불의 빛은 사라지고 없었다." 니콜라 『붉은 부족의 삶과 전통』 10.

page 211 "그리고 짧은 순간 나는 그들과의 유대감을 즐겼다." 소로 『메인 숲』 200-201.

page 212 "나는 그 나뭇조각들을 간직했다가 다음 날 밤 다시 물에 적셔 보았지만 빛은 나오지 않았다." 소로 『메인 숲』 201.

page 214 "흑파리뿐만 아니라 그 어떤 곤충도 달려들지 않아 기뻤다.” 소로 『메인 숲』 236~37.

page 214 “얼굴과 손에 이런 기름 혼합물을 바르고 있으니 몹시 불쾌하고 불편했다.” 소로 『메인 숲』 237.

page 216 “담요로 몸을 감고 얇은 솜이불에 전나무 가지가 떨어져 있는 침대에 누운 채 둥지 속의 들쥐처럼 포근하게 몸을 뻗을 것이다.” 소로 『메인 숲』 265.

page 217 “보통의 새소리와 달리 몹시 야성적인 소리로 여행자가 머무는 장소와 환경에 퍽 어울렸다.” 소로 『메인 숲』 247.

page 217 “아비새의 그 소리는 웃는다기보다 울부짖는 소리라고 할 수 있었는데, 길게 끄는 그 소리가 가끔 내 귀에는 이상하게 꼭 사람의 소리처럼 들렸다.” 소로 『메인 숲』 247~48.

pages 217~218 “숲이 기슭에서 그렇게 멀리 떨어져 있는 것은 드문 일이기에 숲에서 들려오는 메아리가 꽤 컸다. …나는 메아리를 깨우기 위해 고함을 쳤다.” 소로 『메인 숲』 230.

page 220 “후자가 그에게 무슨 짓을 했는지 물었지만 대답이 없었고 그는 돌아오지 않았으며 그 후로 그를 본 사람도 소식을 들은 사람도 없었기 때문이라고….” 소로 『메인 숲』 175.

page 220 “인디언은 한 집에 들러 일이 년 동안 돌아오지 않는 형에 대해 물었다.” 소로 『메인 숲』 265.

page 221 “그는 개를 앞세워 그 시골을 벗어나지도 못하고 밀가루 포대처럼 소극적으로 급류에 휩쓸려 갈 수밖에 없을 것이다.” 소로 『메인 숲』 234.

page 221 “거친, 그리고 장래성 없다고 여겨질 지능의 표본을 발견하고 기분 좋게 실망했다.” 소로 『케이프코드』 261.

page 221 “야수” 소로 『메인 숲』 180.

page 221 “아름다운 단순함이 있었는데 어둡고 야만적이지는 않았지만 온화하고 유치하기만 했다.” 소로 『메인 숲』 198.

page 222 “제대로 말하지도 못하고 어눌하고 장황한 말투와 전염되길 바라는 어리석은 궁금증으로 그 부족함을 채운다.” 소로 『메인 숲』 191.

page 222 “이것은 백인 남성의 흔한 말장난과 똑똑함 대신이었고 마찬가지로 유용했다.” 소로 『메인 숲』 180.

page 222 “마치 그들 삼백만 명이 자신의 자유로울 권리를 위해 싸웠지만 다른 삼백만 명을 노예로 붙잡아 두기 위해 싸웠던 것처럼 말입니다.” 헨리 데이비드 소로 『헨리 데이비드 소로의 수필』 중 「매사추세츠의 노예」, 루이스 하이드 편집(알바니, 캘리포니아: 노스 포인트 프레스, 2002), 184.

page 223 “인류애보다 상업과 농업에 훨씬 더 관심이 있는 이곳의 수천 명 상인과 농부들이다.” 헨리 데이비드 소로 『헨리 데이비드 소로의 글』 중 「시민 불복종」, 362. 1849년 초판 발행.

page 223 “노예 제도와 전쟁에 반대하는 ‘의견을 갖고 있는’ 사람이 수천 명 있지만 그들은 실제로 이를 끝내기 위해 아무것도 하지 않는다.” 소로 「시민 불복종」 362.

page 225 “어색한 분위기를 깨보려고 여러 번 말을 걸었지만 그는 카누 아래서 한두 번 희미하게 신음을 냈을 뿐이며 그래서 그가 거기 있다는 사실을 알 수 있었다.” 소로 『메인 숲』 176.

page 227 “어느 것 하나라도 해낼 수 없다면 그는 더 이상 자네를 찾지 않을 것이네.” 『자신의 시대를 살다 간 소로: 가족과 친구, 동료들의 회상, 인터뷰, 회고록에서 발췌한 소로 연대기』 중 에드워드 호어가 에드워드 S. 버지스에게 1892년 12월 30일에 보낸 편지, 산드라 하버트 페트룰리오니스 편집(아이오와 시티: 아이오와 대학교 출판부, 2012).

page 228 “그때쯤 숲의 어둠이 너무 두터워 더이상 우리가 할 수 있는 일도 없었다.” 소로 『메인 숲』 285~87.

page 229 “하지만 성공 가능성이 낮을수록 더 열심히 노력해야 한다.” 소로 『메인 숲』 286.

page 229 “헨리는 어두운 밤에 일어나 몇 시간 동안 메인주의 썩은 통나무 주변에서 치는 번개를 바라보았네.” 『자신의 시대를 살다 간 소로』 중 에드워드 호어가 에드워드 S. 버지스에게 1892년 12월 30일에 보낸 편지, 142.

page 229 "소로를 더 잘 알지 못했다는 점이 몹시 후회스럽네." 『자신의 시대를 살다 간 소로』 중 에드워드 호어가 에드워드 S. 버지스에게 1892년 12월 30일에 보낸 편지, 141.

page 230 "어둑하고 희미한 빛" 헨리 데이비드 소로 『헨리 데이비드 소로의 시와 산문 모음집』 중 「겨울 산책」, 엘리자베스 홀 웨더렐 편집(뉴욕: 미국의 도서관, 2001), 92. 1843년 『다이얼』에 최초로 수록됨.

page 230 "비밀스러운 소란… 이 지구에서 듣기에 너무 신비롭고 근엄한" 소로 「겨울 산책」 93.

page 230 "들판 너머로 탁 트인 공간을 보기 위해 창문으로 다가가면 발밑의 바닥이 삐걱거린다. 쌓인 눈을 떠받들고 있는 지붕들이 보인다." 소로 「겨울 산책」 92.

page 236 "무지개의 쓸모, 누가 그것을 묘사했단 말인가?" 소로 『헨리 데이비드 소로의 일기 4: 1852년 5월 1일~1853년 2월 27일』 288. 1852년 8월 7일.

page 236 "한 세상에서 다른 세상으로 여행하는 사람이 그런 순간에 이 세상을 지나가게 된다면 혹시 이곳에 정착하고 싶은 유혹을 느끼지 않겠는가." 소로 『헨리 데이비드 소로의 일기 4: 1852년 5월 1일~1853년 2월 27일』 287~88. 1852년 8월 7일.

page 240 "숲 밖의 일에 대해 생각하고 있다면 숲속에 있는 것이 무슨 소용이란 말인가?" 소로 「산책」 659~60.

page 244 "그 어스름한 황야의 검은 산 아래서 온몸으로 빛을 반사하는 밝은 강가에 앉아 개똥지빠귀의 노랫소리를 듣고 있자니 어떤 문명도 이보다 더 뛰어날 수는 없을 것만 같았다." 소로 『메인 숲』 302~3.

pages 245~247 "우정은 한 해 중 맺어야 할 열매다. 우정은 꽃들에게 향기를 주며, 향기 없이 사과만 많이 따는 것은 실로 헛된 일이 아닐 수 없다." 헨리 데이비드 소로 『내가 나 자신에게: 헨리 데이비드 소로의 일기 선집』 제프리 S. 크레이머 편집(뉴 헤이븐, 코네티컷: 예일 대학교 출판부, 2007), 326~27. 1857년 7월 13일.

page 247 "배에 가스가 가득 차 있을 것이다." 소로 『내가 나 자신에게』 70. 1851년 6월 13일.

여정 사이의 기록, 네 번째

page 254 "인간의 삶에서 우리가 화창한 초원보다 어두운 숲에 대해 더 많이 듣게 되는 이유는 무엇인가?" 소로 『일기 1837~1861』 473. 1857년 10월 29일.

다시, 케이프코드

page 262 "가을바람이 불어오기 시작한다." 소로 『헨리 데이비드 소로의 일기 4: 1852년 5월 1일~1853년 2월 27일』 326~27. 1852년 8월 31일.

page 277 "성의 신비를 음탕한 농담의 대상으로 삼을 수 있지만 그에 대해 진지하게 이야기할 때 침묵하는 사람에 대해서는 존경심을 잃는다." 소로 『내가 나 자신에게』 138. 1852년 4월 12일.

page 278 "성교의 대상은 가장 영감을 주는 토대에서 만날 수 없다면 결코 만나고 싶지 않은 대상이다." 소로 『내가 나 자신에게』 138. 1852년 4월 12일.

page 278 "나는 어머니에 대한 기억을 소중히 간직하듯 생각과 행동에서도 순결을 보존할 것이다." 소로 『내가 나 자신에게』 138. 1852년 4월 12일.

page 281 "이토록 멋진 해안이 모래를 실어 나르는 바다에 의해 하루 만에 만들어지거나 사라지기도 한다." 소로 『케이프코드』 330~31.

다시, 집으로

page 285 "매시간 고도는 높아져서 땅의 어느 부분도 하늘이 보이지 않을 만큼 낮지는 않을 것이며 우리는 각자 시간의 정상에 서야만 끝없이 펼쳐진 수평선을 바라볼 수 있음을 이해할 것이다." 소로 「와추셋 산책」 151.

page 289 "모든 것이 우주의 축처럼 부드럽게 흘러간다." 소로 『일기 1837~1861』 431. 1857년 1월 7일.

✳ 감사의 말 ✳

이 책의 토대가 된 글 '세 번의 산책'에 지면을 빌려준 제니퍼 애커와 <더 커먼>에게 가장 먼저 감사의 말씀을 드린다. '여정 사이의 기록, 세 번째'의 초고를 실어주었던 나자 슈피겔만과 <파리 리뷰 데일리>에도 감사한다. 틴 하우스의 모든 식구들과 크레이그 포플라에게 감사한다. 그들과 함께 책을 만드는 것은 가장 즐거운 경험이었다.

가장 깊은 감사를 드릴 분은 내가 황무지를 헤치고 나갈 수 있도록 한없이 친절하고 명석하게 나를 이끌어준 편집자 엘리자베스 드메오다. 현명한 조언과 탄탄한 지원을 제공해 준 클라우디아 발라드, 가장 아름다운 표지를 만들어준 짐 티어니, 나와 습지에서 하루를 보내준 존 보로비치에게도 감사하며, 내 여정의 출발점이 된 책을 만들어준 데미언 설스에게도 감사한다. 마지막으로 창의성과 호기심, 그리고 상상력으로 멋진 가정을 만들어준 부모님과 형에게도 깊이 감사한다.

길에서 만난 이들에게도 감사를 전하고 싶다. 나룻배로 호수를 건널 수 있게 도와준 친절한 팻과 랜디. 마음을 열고 나를 초대해준 메리와 마리안. 그리고 존 나이트, 우리의 우정은 종종 푹신한 구름을 바라보며 북쪽 끝의 얼음 같은 호수 위를 떠다니는 느낌이었다. 끊임없이 내 앞에 나타나 이야기를 나눠주는 그에게 감사한다. 마지막으로 감히 헨리 데이비드 소로에게도 감사의 말을 전하고 싶다. 그가 이 땅에서 보낸 짧은 시간 동안 남긴 기록이 나에게 심오한 영향을 끼쳤다. 수많은 이들에게 이 세상을 건너가는 법을 보여준 점에 대해 깊이 감사드린다.

멋지고 다정한 제니에게, 이 세상이 끝날 때까지 당신과 함께 바다의 소리를 듣고 해변에 피는 장미 향을 맡고 싶다. 그런 당신에게 이 책을 바친다.

소로와 함께한 산책

1판 1쇄 인쇄 2023년 7월 7일
1판 1쇄 발행 2023년 7월 19일

지은이 벤 섀턱
옮긴이 임현경

발행인 양원석 **편집장** 차선화 **책임편집** 차지혜
디자인 신자용, 김미선 **영업마케팅** 윤우성, 박소정, 이현주, 정다은, 박윤하

펴낸 곳 ㈜알에이치코리아
주소 서울시 금천구 가산디지털2로 53, 20층(가산동, 한라시그마밸리)
편집문의 02-6443-8862 **도서문의** 02-6443-8800
홈페이지 http://rhk.co.kr
등록 2004년 1월 15일 제2-3726호

ISBN 978-89-255-7629-9 (03840)